DURCH DIE ICHS

Amo Dos & Arro Mog

Alle in diesem Buch geschilderten Handlungen und Personen sind frei erfunden. Ähnlichkeiten mit lebenden oder verstorbenen Personen wären zufällig und nicht beabsichtigt.

Coversesign by Agnieszka Berensztejn

Herstellung und Verlag: BoD – Books on Demand, Norderstedt.
ISBN: 978-3-75289-171-3

Den Wortlosen stiehlt man die Wörter

Die Lenker weisen die Denker

Den Weinenden verbietet man die Tränen

Den Armen zeigt man das Unerreichbare

Die Erinnerungen können Fehler verhindern

Der Ursprung hemmt den Vorsprung

Das Sterben erleichtert das Fortleben

Eine gewisse Anpassungsfähigkeit ist oft überlebenswichtig

Die Kampflosen bekämpft man

Die stets Gebende gehen leer aus

Der Anfang ist schwarz, das Ende dagegen weiß

In Gedanken an meinen Papa. Danke, dass Du da warst.
6. Nov 2010

Kapitel 1:
»Den Wortlosen stiehlt man die Wörter«
Die mögliche Erlösung

Seit vielen Jahren sah sich Mada nach einer Auszeit. Er wurde durch die Geschichte hin und her geschleudert, um alles zu erleben und um seinen Weg zur Gewöhnlichkeit zu finden. Dabei war er gezwungen, ein paar wenige auserwählte Menschen auf seinem Weg zum Unfassbaren mitzunehmen. Er glaubte, mehr erlebt zu haben als jeder andere.

Ein Mann könnte behaupten, er hätte alles vollbracht, wenn er einen gescheiten Beruf, ein schnelles Auto, ein Haus mit einer schönen Frau, zwei Kindern und vielleicht noch einem Kindermädchen als Geliebte vorweisen kann.

Eine Frau könnte das gleiche behaupten, wenn sie nach ihrer Ausbildung einen gestandenen Mann gefunden, für ihn zwei Kinder auf die Welt gebracht und ihn in allen seinen Lebenslagen unterstützt hätte. Vorausgesetzt, dass wir nur über heterosexuelle Beziehungen sprechen, da jegliche Sexualität, Herkunft, Religion sowie Weltanschauung in Betracht zu ziehen, diese Geschichte kaum verändert hätte. Alle Lebewesen sehnen sich nach der Erfüllung eigener Träume.

Ich meine, wer weiß schon, was ein Wesen mit einem niedrigen, durchschnittlichen oder hohen IQ über Leben oder Sterben denkt? Wer leitet uns zum Weitermachen? Wer zwingt uns dazu, sich zu vermehren? Oder zu lieben? Wer garantiert uns, dass die menschliche Geschichte, Kunst und Architektur weitere fünf Tausend Jahre übersteht? Also warum sind wir kreativ? Warum glauben wir eine Antwort auf die Frage nach Leben und Tod in fanatischem Glauben oder in spiritueller Wissenschaft finden zu können?

Mada befand sich gerade auf den letzten Rängen seiner Möglichkeiten. Er sah verbraucht und erschöpft aus. Seine letzten Missionen verliefen nicht sonderlich gut. Er wusste, dass es nach jeglichen missglückten Taten eine viel schwerere Aufgabe zu meistern galt - bevor er letztendlich erlöst würde.

Zuerst gelang ihm nicht, die Zeitzeugen für sich zu gewinnen und er sah zu, wie sich die ganze Welt verändert, wenn falsche Vorbilder vergötzt werden. Damals wusste er noch viel zu wenig von der Aufgabe und somit wurde er dazu verdammt, die Rolle eines Zuschauers anzunehmen. Sämtliche Veränderungen wurden durch andere vollzogen, obwohl Mada sich immer, scheinbar zufällig, mittendrin befand und auch als Mittäter oder Helfer zu den Veränderungen beigetragen hatte. Aber wie gesagt, das alles war ihm angeblich nicht bekannt.

Dann, fast sechzig Jahre später, wurde er erneut ausgetrickst und viele seine Kräfte schienen nur noch in der Luft zu existieren. Fortan war er gezwungen, auf seine Erlösung zu warten und konnte zum wiederholten Mal nicht in die Geschehnisse eingreifen, geschweige diese kontrollieren. Also war seine jetzige Lebenslage letztendlich eine Strafe und auch eine Lektion, um mehr über das eigentliche Ziel seines Daseins zu erfahren.

Es vergingen viele Jahre bis seine Fähigkeiten wieder gefragt wurden, aber Mada wehrte sich nicht dagegen. Nie zuvor musste er so lange in einer Dimension verweilen. Aber alle seine Taten waren vorgeschrieben und auf eine scheinbar unerklärliche Art und Weise unheimlich. Nun verstand er, dass viele Menschen sich nicht als ein Teilchen des Universums sehen, sondern meinen, die Herrscher der Welt zu sein. Nur dadurch konnten so viele Irrglauben entstehen, wie die vermeintliche

Vorahnung über das Leben nach dem Tod. Er erinnerte sich, dass er früher genau so dachte.

Die einzig wahre Macht, die über das Leben oder den Tod entscheidet, ist das Licht. Jedes einzelne Teil des Universums besteht aus Atomen und besitzt eine bestimmte Masse. Beim Sterben setzt jene einen Lichtstrahl frei. Die Ausgangsmasse ist entscheidend. Das stelle ich mir so vor: ein Stern stirbt viel spektakulärer als ein Mensch, eine Pflanze oder ein Tier. Durch seine mehreren Tausend Tonnen höhere Masse hat der Stern

viel mehr Kraft, um ein Licht zu spalten, zu gestalten oder zum Leuchten zu bringen. Rein atomar betrachtet, könnte es heißen, dass der gleichzeitige Tod aller lebenden Menschen ein fast ähnliches Spektakel hervorrufen könnte.

Dass der Mensch existiert ist ein Glücksfall. Dass der Mensch denken kann, ist ein Zufall. Wir glauben, um unsere Hoffnungen zu entschuldigen. Wir hassen, weil unser Glaube oder unsere Ansicht kein Echo findet. Wir hoffen, dass wir ankommen und das Ende beliebig verzögern können.

War es das, was Mada erfahren musste, um seine Erlösung zu finden? Wenn ja, dann war er diesem Augenblick näher gekommen als je zuvor.

Aber er ist noch nicht angekommen. Erst zurück in seiner eigenen Welt erkennt er, dass er nichts Besonderes hervorbrachte und erfährt, wie viel ein Leben wert ist.

Im Sommer 2075:

Es war ein besonderer Tag in Madas Leben, der unendlich werden und bereits am früheren Morgen merkwürdig anfangen sollte. Keinesfalls lag es am Kontrollsystem, welches alle großen Staaten eingeführt hatten, um die gesamte Bevölkerung in einer einzigen Datenbibliothek zu registrieren, der sogenannten digital population data. Es wurde ein Chip, in Form eines ein Zentimeter langen und ein Millimeter dicken Wurms, zwischen die Augen eingepflanzt. Eine minimale Verdickung machte es für alle erkenntlich. Dadurch konnten Bewegungsprofile erstellt werden, welche dauerüberwacht wurden, um die angeblich bedrohte Sicherheit jedes Einzelnen zu garantieren.

Der Mensch war selbst Schuld daran, als er das Internet erfand und vorerst keine Regel aufstellte. Das wiederum brachte eine Generation hervor, welche zeigte, dass sie einfacher zu kontrollieren und zu manipulieren war. Anders als im Kommunismus störte plötzlich niemanden, dass man ständig ausspioniert wurde. Der Missbrauch war vorprogrammiert und gewollt, um noch mehr Geld- oder Ruhmgierige hinzu zu locken, welche mit Nichts Profit schlagen konnten.

Aber wie gesagt, es störte kaum einen, sich zu entblößen. Hauptsache war: in dieser Masse von Milliarden Menschen bin ich etwas wert, weil ich Hunderte digitale Freunde habe, die meine Posts lesen oder mich beim Kotzen auf der Toilette filmen. Wenn es Tausende Menschen anklicken, dann bin ich ja jemand.

Politiker erkannten die Macht des Internets spät, aber rechtzeitig genug, um die totale Kontrolle, mit Hilfe von verurteilten Hackern und Spezialisten aus Nachrichtendiensten, systematisch und gezielt zu übernehmen.

Die dpd-Nummer war kostenlos, in vielen Ländern bei Grenz- oder Polizeikontrollen mittlerweile unerlässlich und ermöglichte den modernen Menschen bessere Arbeitsperspektiven und zwar weltweit. Der Erfinder, Jacob Zet, hatte es in den Genen, sein Vater galt als der Gründer

der erfolgreichsten Sozialnetzwerk-Seite (Book&Café) des gesamten World Wilde Web und er war sein Erbe.

Progress refusenik (Fortschrittsverweigerer), mit ihrer veralteten Sichtweise und fast schon unbrauchbaren Personalausweisen, konnten am Fortschritt nicht mithalten und wurden zum geduldeten Übel degradiert. Ihre Chancen auf dem Arbeitsmarkt waren dementsprechend relativ gering.

Was Mada betraf, er war praktisch nicht da. Nur wenige Menschen bemerkten seine Existenz. Die Gesellschaft schien ihn wenig zu interessieren und er meinte, diese auch selber aussuchen zu können. Den geltenden Gesetzen konnte er sich sowieso nicht widersetzen und das brauchte er gar nicht. Die vielen politischen Systeme, bei denen er unweigerlich Zeuge geworden war, definierten sich durch die gegenwärtige Geschichte und übersahen die Zukunft, somit waren sie gezwungen zu reagieren, statt zu agieren. Sie weigerten sich, die Kostbarkeit des Lebens ihren Fortbestand zu gewähren. Genau darin lag Madas Vorteil. Er wusste wohin die ständigen Reaktionen führten und glaubte, der Richtige zu sein, um die Veränderungen zu steuern.

Alles hat vor zwei oder vielleicht mehreren Tagen angefangen. Mada konnte es nicht genau sagen. Er wachte alleine im Bett auf und fragte sich, warum ihm das nicht komisch vorkam. Eigentlich musste er tot traurig sein, nach dem seine Beziehung zu Vanessa in die Brüche gegangen war. Normalerweise wäre er auch angeschlagen oder zumindest besoffen gewesen. Die Mittagssonne brannte in seinem Gesicht, er war verschwitzt und durstig. Er stand auf und schaltete dadurch automatisch eine Reihe an Funktionen ein, die in der Wohnungssoftware Alive programmiert waren; was die erste schlaue Erfindung von Jacob Zet war.

„Die Öffnung der Jalousien gehörte heute offensichtlich nicht dazu“, dachte Mada. Er wollte nicht wissen, wie lange er in der prallenden Sonne gegrillt wurde, wollte dann doch aber erfahren, wie spät es war: „Zeit“, sagte er laut.

„Elf Uhr vierundzwanzig“, antwortete Alive.

In der Küche angekommen, ging er an das Spülbecken.

„Kalt“, sagte er müde.

Der Wasserhahn sprang an. Er wusch sich das Gesicht und trank gleichzeitig. Das kühle Wasser tat ihm richtig gut, was er sichtlich genoss. Zu lange. Alive läutete: „Aktueller Wasserverbrauch Küche: dreißig Liter. Siebenundzwanzig Unions.“

Das dazu klingelnde Geräusch einer sich schließenden Registrierkasse, hätte den Worten noch mehr Kraft verliehen.

Längst gab es keine privaten oder staatlichen Wasserquellen, sondern nur noch die Weltwasserquellreserven. Der Preis für ein jeweiliges Land setzte sich aus dem aktuellen Zinssatz plus Nettoinlandsprodukt geteilt durch die entsprechende Bevölkerungszahl zusammen.

Mada bemerkte eine Auskunftsdrohne vor dem Küchenfenster, als er sich aufrichtete, aber er ignorierte sie. Dieser wahnsinnigen Technik gegenüber blieb er kalt. Nur »Book&Café« Nutzer, was inzwischen praktisch jeder war, waren darin erfasst, um ihre täglichen Entscheidungen bewusst zur Schau zu stellten. Deshalb sind diese relativ kleinen Drohnen, etwa in der Größe eines Rotkehlchens, unschöne Begleiter der Menschen geworden. Einst erfunden, um die Alten zu begleiten, ihren Gesundheitszustand zu messen, ihren Alltag zu dokumentieren und ihnen jederzeit direkten Kontakt mit Ärzten, Familie und Bekannten via EyePhone zu ermöglichen, wurden es später auch als Babysitter eingesetzt. Die EyeWatch Drohnen entwickelten sich zu einer Weltmarke aber erst, als Jacob Zet sie aufkaufte und auf seiner, bereits legendären, Sozialnetzwerkseite vermarkte. Das Eye wurde geboren.

„Sicher", stellte der On-board Computer der Drohne fest.

Mada legte sich zurück ins Bett und dachte über seinen wiederkehrenden Traum nach, welchen er erneut in dieser Nacht geträumt hatte: Prinzessin Fall.

Als ich vor vielen Jahren diesen Fall erleben musste, glaubte ich meiner Erlösung nah zu sein. Dass mir die Brisanz der Aufgabe nicht aufgefallen war, erwies sich als ein fataler Fehler, was mich bis heute verfolgt. Das Haus, die Wohnung in dem ich mich befinde, verbirgt die Antwort. Es ist kein Zufall, dass ich hier wohne, aber darstellen der richtigen Frage bereitet mir Schwierigkeiten. Ein Puzzle.

Auf einmal ging die Sonne so unter, als ob jemand mit einem Knopf die Kulissen gewechselt hätte und die Nacht ersetzte den Vormittag. Er schaute aus dem Fenster und bemerkte sofort, dass es draußen dunkler war als sonst. Die nervigen Lichter der Drohnen beschmutzten den Himmel nicht und die noch psychologisch korrekten Werbungen, passten sich der Stunde an: keine schrillen Farben und viel weniger schnelle Schnitte.

Die Uhr zeigte vier Uhr morgens. Er hörte den Aufzug auf der Etage halten sowie bekannte Schritte. Der Schlüssel, den Vanessa aus ihrer großen Tasche herausholte, fiel laut zu Boden. Mada war sich nicht sicher, was das alles sollte. Soweit er sich an gestern erinnern konnte, waren sie getrennt. Die Zeitverschiebung, die er zuvor wahrnahm, ergab noch keinen Sinn. Oder doch? Er machte drei lange Schritte und sprang ins Bett, bevor Vanessa das Schloss aufbekam.

Vorsichtig öffnete sie die Türe und legte sich wortlos neben ihn ins Bett, nachdem sie ihre Tasche auf die Flurablage stellte. Mit der Annahme dass er schlief, sagte sie leise in sein Ohr: „Ich liebe dich."

Das Ganze erinnerte ihn an einen Vorfall, der am Anfang ihrer Beziehung stattfand. Es musste vor zehn Jahren gewesen sein. Die Drohnen waren noch nicht für die Allgemeinheit zugänglich und nur für ein paar Hersteller für den wirtschaftlichen Sektor zulässig. Mit den ersten Taxi-Drohnen war es mit dem dunkelblauen Nachthimmel vorbei.

Wie damals hörte er Vanessa nach ihrem leisen „Ich liebe dich." weinen und verspürte das gleiche Gefühl von Hilflosigkeit. Am liebsten hätte er sich schon damals umgedreht und sie umarmt, etwas, was er erneut nicht tat, weil ihn die Situation lähmte. Er überlegte, was er jetzt tun sollte und ob seine Kräfte ihm helfen konnten. Vielleicht waren sie es, die ihn in die damaligen Ereignisse erneut versetzten. Aber warum?

Er wartete bis sie einschlief, setzte sich auf und betrachtete intensiv Vanessas Gesicht. Dann legte er seine rechte Hand auf sie und auf seiner linken, breit geöffneten Hand, bildete sich ein kugelförmiges Licht. Darin sah er ihre Erlebnisse der besagten Nacht, die Party, auf die er nicht gehen wollte und die Leute, die er dadurch nicht kennenlernen konnte. Er sah ihren Blickkontakt und anschließend den sinnlichen Sex mit Nella, welche dabei wie ein Mann wirkte. Ein Mann, den Mada kannte: Richard. Eine Vergewaltigung wurde erst daraus, als Nella auf dem Höhepunkt ihre Gesichtskontrolle verloren hatte und Vanessa vor sich einen alten Mann sah. Ziemlich verwirrend, nicht wahr?

Langsam verstand er, warum er diese Nacht erneut erleben musste. Verliebt zu sein macht einen offenherzig und hoffnungsvoll, vor allem das Vertrauen ist groß und unerschrocken. Mada hatte noch nie zuvor das Bedürfnis gehabt, einen ihm nah stehenden Menschen zu durchschauen. Er fand die geheimnisvollen Seiten der Menschen spannender und half eher diese zu verstecken, als sie zu offenbaren. Jetzt waren offensichtlich weitere zehn Jahre verloren gegangen, weshalb ihn die Rückschleife erwischte. Er war gezwungen, die Geschehnisse zu verändern oder auszubessern.

Als am Morgen danach Vanessa wie ausgewechselt die Küche betrat, konnte er nicht anders, als sich innerlich zu freuen. Es freute ihn, dass er jetzt alles anders machen konnte. Er konnte sie wieder berühren und ihren Geruch genießen. Sie sprach zwar kein Wort und wich Madas Blicken aus, aber sie war da. Diesmal löcherte er sie nicht mit Fragen über die Party. Er versuchte nicht ihre Lügen zu verstehen. Er bereitete für sie einen Kaffee vor, stellte ihn auf den Küchentisch vor ihr ab und fragte ruhig: „Brauchst du mich?"

Er wollte vor Freude weglaufen und schreien. Vanessa blickte überrascht nach oben, dann schob sie vorsichtig die Tasse zu sich und antwortete: „Ja, das tue ich. Jetzt mehr denn je". Sie atmete tief durch und sagte weiter: „Aber zuerst muss ich nachdenken, deshalb will ich alleine sein." Sie schaute ihn mit bittendem Blick an: „Das verstehst du doch, oder!?"

Mada nickte nur und verließ die Wohnung. Er lief die Treppe runter, vorbei an der Nachbarin Madame Piqué, die so sehr in ihrer morgendlichen Inspektion des Hauses vertieft war, dass sie ihn übersah. Er stellte sich vor das Haus und schrie laut: „Warum bin ich hier?"

Die Eingangstüre öffnete sich und eine um zwanzig Jahre verjüngte Madame Piqué stellte sich breitbeinig vor ihn. Sie lächelte kurz, nahm eine Zigarette aus einem Etui, zündete sie an und sagte selbstsicher: „Du stehst kurz davor, Magdallena zu finden"

Surreale Gestalten im blauen Dunst zogen seine Aufmerksamkeit kurz an. Die sich stets veränderten Formen konnten eine Botschaft versteckt haben. Aber Mada verstand nicht, warum er schon wieder eine Magdallena suchen sollte. Sie existierte nicht mehr in seiner Umgebung. Das war doch der Grund, weswegen er seine Erlösung verpasste.

„Nein", antwortete Madame Piqué geheimnisvoll. Sie hob langsam ihren Kopf und schaute mit ihren gespenstigem Blick nach oben, um dann direkt auf Madas Augen zu verweilen. Als ob Madame Piqué mit ihren Augen die scheinbar vergangene Geschichte zum Leben erwecken versuchte.

„Du musst endlich erkennen, dass du mit deiner Aufgabe nicht allein bist. Eigentlich müsstest du schon längst Tod sein", Madame Piqué sprach weiter und ihre Wörter entfernten sich, wie auch ihr Körper stets, aber langsam. Mada machte seine Augen zu und verspürte eine gewisse Erleichterung. Wenigstens glaubte er zu wissen, was er zu tun hatte.

Er öffnete die schwere Eingangstür, nahm die Treppe nach oben und hielt kurz vor seiner Wohnung an. Ein quietschender Ton hallte plötzlich durch die Gänge und das Gebäude fing an zu ruckeln. Mada schaute auf die Treppe hinunter, als diese einstürzte. Er drückte hektisch auf die Klinke, aber seine Tür war verriegelt.

„Verdammt!", kam aus ihm heraus. Er beschloss, sie aufzubrechen. Aber als er Anlauf nahm und gegen die Tür rannte, öffnete sich diese von selbst. Er krachte auf den Boden und ein höllischer Schmerz im linken Schulterbereich schoss qualvoll durch ihn. Er stützte sich auf die rechte Hand, um aufzustehen und verharrte mit seinen Augen auf dem Flurboden. „Teppich?", wunderte er sich laut.

Mada setzte sich auf, hob langsam seinen Kopf und schaute sich um. Putz mit roter Elefantenhautfarbe, die er selber mal angebracht hatte, ersetzte die Raufasertapete. Der Schnitt der Wohnung war identisch mit der seinen, aber die Details der Einrichtung waren anders. Da stand eine Kommode, dessen Stil er nicht kannte und welche irgendwie organisch wirkte. Obwohl er davon ausgegangen war, bereits alles gesehen zu haben, ging Mada in Richtung des Schlafzimmers und hoffte, Vanessa dort anzutreffen. Aber als die Tür erneut von selbst aufging und auf dem Boden vor ihm eine unbekannte Frau die Wäsche zusammenlegte, erkannte er, dass sein Geist sich in einer anderen Dimension befand und dass das zärtlich, verängstigte Wesen vor ihm, Magdallena sein musste. Eine Stimme sprach laut aus ihm: „Ich werde Dich retten. Du musst nur Geduld haben.“ Das Bild vor ihm zerbrach wie Glas. Er versuchte sein Gesicht vor herabfallenden Scherben zu schützen und drehte sich weg.

Kurze Zeit später öffnete er seine Augen und stellte erneut fest, dass er allein im Bett lag und die kaum kontrollierbaren Ereignisse wiederholten sich. Ähnlich wie im Filmklassiker „Und täglich grüßt das Murmeltier*“ durchlebte er die Geschehnisse scheinbar immer und immer wieder. Mal frühstückte er mit Vanessa und war in der Wohnung geblieben, mal war er kurz davor Vanessa zu verlassen oder ging nicht zurück in die Wohnung, nachdem er Madame Piqué gesprochen hatte; somit musste er Magdallena nicht treffen. Aber egal was er tat, die Ereignisse änderten sich kaum.

Er machte sich Notizen und versuchte das letzte Mal die Geschehnisse unverändert Revue passieren zu lassen. Die Sonne brannte, als er die Augen aufmachte. Vanessa lag nicht neben ihm. Er dachte an sei-

* Und täglich grüßt das Murmeltier (Originaltitel: Groundhog Day) ist eine US-amerikanische Filmkomödie aus dem Jahr 1993 mit Bill Murray. Regie führte Harold Ramis. (Quelle: wikipedia)

nen Traum. Diesmal verdunkelte sich die Sonne nicht. Er entschied sich spontan wieder ins Bett zu gehen und weiter zu schlafen. Als er Stunden später aufwachte und Alive auf Nachfrage die aktuelle Zeit durchgab: 16:35 Uhr, sprang er auf.

Sein linker Fuß verhakte sich mit der Bettdecke, kurz bevor er mit dem rechten Fuß den Boden erreichte. Er stürzte schmerzvoll.

„Geräusche im Schlafzimmer. Melden." Die Stimme der Software klang immer gleichbleibend und emotionslos.

„Halt die Klappe!", blaffte Mada zurück. Er fragte sich, ob er irgendetwas anderes getan oder gesagt hatte. Es schien so, weil er die Zeitschleife endlich verlassen konnte. Gespannt wartete er auf das, was jetzt passieren mochte.

„Identifizieren." Alive war zu mechanisch, um Emotionen zu verstehen, aber algorithmisch genug, um Wörter zu deuten und den Usern die passende Antworten oder die richtige Fragen zu geben.

Ihr Sicherheitsmodus musste eigentlich ausgeschaltet sein. Mada wusste, dass sie nach fünf Minuten ohne eine Meldung an ihr Motherboard, was passend im Flur hing, die Polizei verständigen werde. Warum Vanessa Alive scharf gestellt hatte, obwohl er noch im Bett lag, verstand er nicht.

„Nächster Termin: Wohnungsparty um 18 Uhr", erklärte passend Alive. Wenigstens wusste er jetzt, warum die Fensterjalousien im Schlafzimmer offen waren, als er aufwachte: Venessas Fürsorge.

Er zwang sich aufzurichten, ging schwerfällig an die Station und legte seine Handfläche darauf. Sein linkes Knie pochte vor Schmerz.

„Identifikation abgeschlossen", bestätigte sie.

Um circa 17 Uhr fing er an, sich anzuziehen und als er die Schuhe binden wollte, sich auf das Bett setzte und nach unten beugte, entdeckte er einen alten Schuhkarton unter dem Nachtschränkchen. Seine Härchen stellten sich auf. Offensichtlich war Vanessa noch seiner Freundin.

„Sie ist nicht da und diesen Karton habe ich noch nie zuvor gesehen. Ich kann mich nicht zurück halten. Außerdem ist der Deckel nicht richtig zu." - Das alles wollte er sich als eine mögliche Ausrede festhalten, falls er entdeckt werden würde. Er schob die Schachtel vorsichtig mit dem Fuß heraus und versuchte den Inhalt zu durchleuchten, was natürlich sinnlos war. Dann bemerkte er die Aufschrift auf dem Deckel: »Für Nella d.G.« und erstarrte.

„Die muss ich noch verpacken", ertönte Vanessas Stimme hinter seinem Rücken. Er konnte nicht rechtzeitig seinen unnatürlich verdrehten Körper, mit tief gebeugtem Kopf, in eine entspannte Sitzposition bringen oder die Kiste zurückschieben. Deshalb legte er sie nicht weg und überspielte seine innere Anspannung mit Schuhe binden. Seine Körperstarre ließ trotzdem nicht nach.

Vanessa lachte geheimnisvoll und hob die Kiste auf, bevor Mada seine ausgedachte Ausrede aussprechen konnte, die er sowieso im selben Augenblick vergaß, als sie erschienen war.

„Wer ist Nella?", fragte er verdutzt. Er versuchte mit der nächsten Frage von sich abzulenken: „Wo warst du?"

Sie setzte sich auf das Bett, umarmte ihn zärtlich von der Seite und sagte bestimmend: „Nella lernst du gleich kennen und mich auch, also zieh dich an, Sherlock."

Sie stand auf und musterte ihn kopfschüttelnd von oben nach unten. „Ich kann es nicht fassen, Mads". Er mochte nicht so genannt werden, aber Vanessa zu Liebe beschwerte er sich nie. „Hörst du mir schon mal zu? Oder rede ich immer mit mir selbst?", sie schaute ihn aufdringlich an und fuhr fort: „Nella ist meine Freundin. Sie half mir, als ich vor einem Jahr überfallen worden bin. Ein fremder Mensch hilft dir, ganz einfach so."

„Du hast mich damals rausgeschickt, weil du allein sein wolltest. Die Geschichte mit dem Überfall hast du mir so nicht erzählt", unterbrach Mada.

„Wie bitte? Und wer kam die Treppe runter und hat dir alles vor dem Haus gebeichtet?", Vanessa ließ ihre Wut raus.

„Madame Piqué", dachte Mada laut. Zu laut.

„Madame Piqué!? Ich glaub‹s einfach nicht." Ihre Gesichtsfarbe änderte sich vor Wut, blieb aber nicht lange dunkelrot; im Sekundentakt sprang die Farbe von weiß auf rot und zurück. Mada schaute sie überrascht an und begann zu lachen. Vanessa tat es ihm gleich, als sie ihr Gesicht im Wandspiegel sah.

Diese Frau brachte ihn immer zum Lachen und machte die letzten Jahren einigermaßen erträglich. Vanessa forderte nicht, lebte ihr geheimnisvolles Leben und war dennoch fürsorglich, anziehend und gesellig.

Sie lernten sich bei einer Demo gegen die Spaltung der Gesellschaft kennen. Vanessa lief praktisch in seine Arme, als sie von der Polizei verfolgt wurde. Obwohl ihre Eltern zur Oberschicht gehörten, lebte sie in der Unterschicht der Stadt und kämpfte gegen die Unterdrückung. Er war sehr beeindruckt von ihrem Sinn für Gerechtigkeit. Eine Fähigkeit, die in Wahrheit nur noch als trügerische Hoffnung in der Gesellschaft angesehen wurde und mit der Selbstverständlichkeit nichts mehr zu tun hatte.

Es war kein Geheimnis, dass alle, vor allem die ärmeren und radikalisierten, Staaten gezwungen waren, ihre Innen- und Außenpolitik weitgehend zu ändern, um ihren Bürgern das Fortleben zu garantieren. Eine nutzlose, schlecht ausgebildete Einheit konnte sich kaum ein Land leisten, weshalb man auf Bildung setzte. Eine unkontrollierte Geburtenrate oder Krieg war genauso unproduktiv und schadete der Wirtschaft. Was dazu führte, dass sich alle Regierungsinhaber einmal jährlich bei einem Weltpolitik-Kongress trafen. Hier entstanden viele Kooperationen und begannen auch manche Machtkämpfe, welche schon im Keim erstickt werden mussten. Im Vordergrund aller Debatten stand immer die Wasser-, Umwelt- und Nahrungsproblematik. Hinter den verschlossenen Türen, getarnt als eine Verschwörung, versuchten ein paar Auserwählte - Politiker, Adel, Milliardäre und Konzernbosse -, die ansteigende Bevölkerungszahl und die sinkenden, natürlichen Ressourcen unter Kontrolle zu bringen. Sie sahen ihren Reichtum gefährdet.

Die zuerst vielversprechenden Perspektiven einer Großstadt erwiesen sich Jahrzehnte später als eine Falle. Man lockte die Bevölkerung der ländlichen Regionen mit vielseitigen Arbeits- und Ausbildungsmöglichkeiten, höheren Gehältern, Quantität an Waren an und schaffte dadurch einen viel besseren Lebensstandard. Das dörfliche Dasein wurde nicht mehr als idyllisch, sondern als rau bezeichnet; die dort lebenden Menschen als ungebildete Dorftrottel. Wer wollte schon als Hinterwäldler gelten? Die Wanderung der Jugend in die Städte war nicht mehr aufzuhalten. Ihre Eltern und Großeltern versuchten bis zu ihrem Tod, das vererbte oder schwer erarbeitete Land zu halten. Sicherlich keine unmögliche Aufgabe, solange man gesund war. Also wurde der Preis für die Ernteerträge künstlich nach unten gedrückt, um auch die letzten Fortschrittsverweigerer an den Konsum, an die Stadt zu binden. Sie waren gezwungen, ihre Quantität zu erhöhen und kauften Maschinen, Genfutter, stellten Arbeitskräfte ein, um auf dem Markt zu überleben. Andere verkauften sämtliche oder einen Teil ihre Erde für Masten, Supermärkte und Industriegebiete. Der Anteil am Grundbesitz, welcher die Mittelschicht besaß, wurde immer geringer.

Die Verlockungen einer Metropole waren eindeutig größer. Die geregelten Arbeitszeiten und die kürzeren Arbeitswege ermöglichten den erwarteten Konsum. Dass man, um die Waren für diesen Konsum zu produzieren, die natürlichen Ressourcen stets ausrottete und die zukünftigen Generationen vor ein Dilemma stellte, war scheinbar niemandem aufgefallen. Oder vielleicht doch?

Vielleicht erkannten die Wohlhabenden das, was die früheren Könige, Pharaonen, Kardinäle, Päpste und Despoten bereits wussten: nur eine große Kluft zwischen reich und arm bringt die wahre Macht. Ein Besitz musste sich alleine ein reicher Mensch leisten können. Aber wie erzeugt man Feudalismus in der modernen Welt? In dem die Politiker in diese Idee mit eingebunden werden und sie grundsätzlich nur noch aus der Oberschicht kommen dürfen und mit dem eigentlichen Volksleben wenig bis gar nichts zu tun haben? In dem die Milliardäre, welche weit über die Hälfte des gesamten Weltvermögens besitzen, darüber entscheiden, wo die Demokratie oder die Despotie Einzug hält? In dem die Straftaten eines Reichen mit Geld »aufgeklärt« und als lapidar dargestellt werden, aber die Straftaten eines Armen gelten als Angriff auf die freie Gesellschaft, was die Sicherheitserhöhung und die Abgrenzung rechtfertigt? Waren früher die wichtigen Arbeitskräfte, welche die Städte auf- und ausbauten sowie die Reichen reicher gemacht haben, in der Lage, dies rechtzeitig zu erkennen? Leider ja, sie gingen auf die Straßen und protestierten. Diese Aufstände der Bevölkerung spielten den Recht- und Geldhabenden in die Karten. Die darauf folgende Umsetzung eines neuen politischen Systems war wesentlich leichter für sie. Die Waffen, welche früher für die Kriege bestimmt waren, galten jetzt als Wächter der Freiheit im Kämpft gegen die gesellschaftlichen oder religiösen Unterschiede. Die Kontrolle dieses Geschäfts brachte ununterbrochen viele finanzielle Vorteile mit sich, die kaum eine machtbesessene Person, sich hätte entgehen lassen können. Das Ansehen der Waffenlobby wurde stärker und die Logenplätze in der gegenwärtigen Weltpolitik waren ihnen sicher. Der neuen Weltordnung stand nichts mehr im Weg. Man spaltete die Bevölkerung in eine Ober- und Unterschicht.

Es dämmerte bereits, als sie im fast dunklen Flur ihrer Wohnung standen und sich angezogen hatten. Der stillschweigende Moment war sehr bedrückend. Sie waren zu einer Geburtstagsparty eingeladen worden. Mada war nicht besonders erfreut, was zum Einen an der Jubilarin lag, Vanessas neue beste Freundin, die nicht zufällig in ihrem Leben eine Rolle einnahm und zum Anderen an den Geschehnissen der letzten Tage, welche ihn in einer Zeitschleife gefangen hielten. Jetzt stand er da und grübelte, wie das Ganze zustande kommen konnte. Mada wusste nicht, dass Vanessa an diesem Abend Zeugin seiner Fähigkeiten sein wird. Er nahm an, dass er ihr die Wahrheit schuldig war, aber er fand nie einen passenden Moment dafür. Obwohl er Vanessas Leben durchleuchten konnte, vergnügte er sich mit der Gewissheit, dass sie ihn liebte.

„Hast du was?“, fragte Vanessa besorgt: „Du bist irgendwie blass geworden“, erklärte sie, als sie sein abwesendes Gesicht ansah.

Er brauchte ein wenig Zeit, um die unaufhaltbaren Veränderungen zu erkennen. Die Zeit zwischen den Ereignissen existierte nicht mehr. Nur noch die Ereignisse an sich formten sein Dasein. Wann sie geschahen, schien nicht mehr steuerbar zu sein.

„Alles Bestens. Ich bin bereit", sagte er laut. Er stellte den Kragen des Mantels hoch, öffnete die Eingangstüre und wartete auf sie. Er war bereit, erlöst zu werden.

Kapitel 2:
»Die Lenker weisen die Denker«
#Gene Ration

Ausgerechnet heute Abend, passend zu Vanessas derzeitigen Phase: »I am IN not OUT«, nahmen sie die öffentlichen Verkehrsmittel, als sie die Wohnung verlassen hatten, um den Pflichtbesuch bei Nella zu absolvieren. Das Außergewöhnliche daran war, dass Vanessa nicht mit der U-Bahn sondern unbedingt mit dem FlyTube-Bus fahren wollte.

Das neue Beförderungsmittel schwebte schon seit sechs Jahren über den Dächern oder zwischen den hohen Gebäuden der meisten Großstädte und so auch über ihrer Stadt, was sie bislang vollkommen kalt ließ. Sie war der Meinung, dass es nicht genügend Erfahrungsberichte im Netz gab, außer der Information, dass es umweltfreundlicher, schneller und teurer war, als die gewöhnliche U-Bahn, was ihr nicht gut genug war. So viel zum Thema »In or out«. Sie änderte ihre Ansichten nur, wenn ihre Follower es auch taten. Heute aber versuchte Vanessa ihrer »NotSelfMind«-Generation den Rücken kehren zu wollen. Nichts mehr, was ihr das Web vorschlug, schien sie zu beeindrucken. Mada war deshalb überrascht, ließ es sich aber nicht anmerken.

Spätestens als sie die FTB Station erreicht hatten und die strahlend weiß glänzenden Boden- und Wandfliesen sowie eine angenehme Musik im Hintergrund Vanessas beide Sinne gleichzeitig berührten, merkte sie, was sie alles verpasste.

Sie holte ihren EyePhone aus der Tasche und postete ihre eben gewonnenen Eindrücke. Samt Bilder. Aufgeregt wie ein kleines Mädchen, sprang sie durch die Eingangshalle. Die perfekt abgestimmte Luft der kaum hörbaren Klimaanlage saugte sie in die Lungen hinein, als ob es kein Morgen geben würde. Anzumerken wäre, dass die städtische Luft längst als gefährlich eingestuft wurde und möglichst nur durch eine spezielle Atemmaske eingeatmet werden sollte. Wer es sich leisten konnte, ließ sich ein Silikon-Filter in die Kehle einsetzen und steuerte je nach Bedarf die Sauerstoffzufuhr. Vanessa merkte, dass sie ihren Filter gänzlich abschalten konnte.

„Also das kannst du in der U-Bahn vergessen", stellte sie laut fest, während das dpd-Chip den Befehl: „Filter abgeschaltet" ihr bestätigte.

Die geräuschlosen und durchsichtigen FlyTube-Fahrzeuge wurden mit unzähligen, winzig kleinen Lichtzellen angetrieben, die an der Karosserie - aus einem sehr widerstandsfähigen Material namens Glastic -, angebracht waren und sich selbstständig aufluden. Die freien Räume dazwischen füllten Mini-Objektive, die als Spiegelreflex-Kameras oder als Laser-Projektoren dienten. Manche nannten sie schon scherzhaft »fliegende Nachrichtendienste«; eine Aussage, die später durchaus viele ernsthafte Probleme mit sich bringen konnte. In der Neuen Welt war individuelle Meinung untersagt.

Im Anfangsstadium wurden die neuen Fortbewegungsmittel mit künstlich hergestelltem Helium betrieben und aus Sicherheitsgründen im fünf Kilometer langen Plexiglas-Tunnel fortbewegt, was ihren Namen FlyTube erklärte. Das Architekturbüro WinWood, fand eine geniale Lösung für die städtische Landschaft: alle Stationen und viele Streckenabschnitte wurden mit nachhaltigen Bäumen und Hängegärten mit Blumen bepflanzt, weshalb die ersten Prototypen viel versprechend waren.

In höheren Stockwerken lebende Einwohner konnten viel bessere Luft genießen und an Stelle der unten lebenden Nachbarn, eine grüne Fläche betrachten. Die oben liegenden Wohnungen wurden mit der Zeit immer teurerer, sodass sich diese später nur noch die wohlhabenden Menschen leisten konnten.

Der wahre Grund dafür war nicht nur die wunderschöne Aussicht, sondern die wiederkehrende Abgrenzung der Gesellschaft. Die Kluft wurde immer größer, weil Politiker ihre Diäten-Ansprüche an die Industriellen anglichen - angeblich, weil sie dadurch vertrauenswürdiger agieren konnten -, statt die fortschreitende Verarmung der Mittelschicht zu verhindern. Zwar konnten fast alle am ansteigenden Konsum teilnehmen und den allgemeinen Lebensstill erhöhen, jedoch aktivierten kollektiver Neid und Missgunst ihre verborgenen Ängste. Ihr Aufschrei breitete sich flächendeckend aus und war nicht mehr zu überhören. Das Volk, welches die parteiische Demokratie erschuf, glaubte noch an ihre Macht. Längst entschieden aber die Banken, die Reichen und die auserwählten Volksvertreter darüber, was für die Massen möglich war.

Paris und London waren die ersten Städte, die einer Ober- und Unterschicht zustimmten. Die zahlreichen terroristischen Anschläge und die enorm ansteigende Wut der Bevölkerung erleichterte die Umsetzung der vor langer Zeit entstandenen Idee: eine einzige gegenwärtige Kontrolle der Finanz-, Arbeits- und Warenmärkte, des Waffengeschäfts und der Freiheit - Inspectiokratie.

Als sich vor etwa fünf Jahren die Unterschicht gegen die FTB-Fahrzeuge einsetzte, aber die Oberschicht der Weiterbetreibung zugestimmt hatte, teilte man die Stadt. Von dem Plexiglas-Tunnel blieb der untere Schienenteil bestehen, welcher mit Glastic verstärkt und mit Sensoren ausgestattet wurde. Eine durchsichtige, dauerbewachte Laserdecke in Höhe des sechsten Stocks zeigte nun unmissverständlich den Unterschied. Oberhalb bewegten sich die FlyTubes auf den, von unten, unsichtbaren Glastic-Schienen. Die Unterschicht konnte die Stationen nur mit Aufzügen erreichen, vorausgesetzt sie waren im Besitz eines Passierscheines oder digital registriert. Vanessa war überall registriert und manchmal wusste sie nicht mal, wo genau sie es war. Bemerkenswert, dass sie nicht die Einzige war. So konnten sie beide problemlos einen der Aufzüge betreten und in einem durchsichtigen Schacht nach oben gelangen.

Die Fahrt zu Nellas Wohnung dauerte wenige Minuten. Musik entspannte die Sinne. Die Aussicht nahm ihnen fast den Atem weg. Hier oben sah man all das, was der Unterschicht verborgen geblieben war: Futuristisch wirkende, in sich rotierende, bepflanzte Türme. Digitale Spielplätze mit virtuellen Schiedsrichtern. Leichte, schwebende Solarfahrzeuge. Gigantische Luftfilter, wie eine Stadtmauer wirkend, welche die Luft verwalteten.

Mada blieb erstaunt stehen, als Nella die Türe öffnete, weil sie nicht die Frau war, welche er in Vanessas Erinnerungen zu sehen bekam. Die wahre Nella war praktisch ein Spiegelbild von Magdallena. Die gleichen großen und unschuldig drein blickenden Augen, welche in jeden Mann einen Beschützer-Instinkt erweckten. Ein Schmollmund, der zum Küssen immer bereit schien. Nur, dass ihre Haare blond waren und ihre Gesichtszüge viel strenger wirkten.

Erst jetzt erinnerte er sich an Sara, sagen wir, eine alte Bekannte, welche in einer anderen Dimension nach ihrer Tochter Nella suchte. War sie es? Wenn ja, dann würde es plötzlich Sinn machen, warum er in Vanessas Erinnerungen auch Richard gesehen hatte und erklären, warum Madame Piqué seine Aufmerksamkeit auf Magdallena lenken musste, bevor die Geschehnisse ihren weiteren Lauf annehmen konnten.

Entweder war Nella nicht nur mit Sara, sondern auch mit Richard verwandt - somit nicht mehr leben dürfte, was offensichtlich nicht der Fall war - oder Sara war die Reise durch die Zwischenwelt gelungen, was kaum vorstellbar wäre. Oder doch?

An dieser Stelle muss sich der Leser gedulden und weiter lesen, um die Verbindungen der Personen zu entschlüsseln. Nicht mal Mada, obwohl angeblich so Welt erfahren, könnte es jetzt erklären.

Lange dachte er, dass sein starkes Gefühl der möglichen Befreiung, welches er immer wieder spürte, sobald er die Aufschrift der Kiste las, die Erlösung selbst war. Die Zeitschleife, in der er sich die letzten Tage befand, war vorgesehen und gewollt, weil die Aufgabe noch nicht bereit war, gelöst zu werden.

Vanessa küsste ihre Freundin, übergab die Geschenkkiste und stimmte Happy Birthday an. Nella freute sich, richtete aber ihre ganze Aufmerksamkeit auf Mada.

„Das ist er?“, Nella zeigte mit dem Kopf auf ihn und schaute fragend Vanessa an, als diese mit dem Singen fertig war. Als ob Mada unsichtbar oder gar taub wäre.

„Ja“, Vanessa antwortete erfreut und fasste ihn zart an die Hand: „Darf ich euch bekannt machen? Mads - Nella, Nella – Mads“.

Nella reichte ihn galant ihre rechte Hand und sagte: „Ich glaube, wir kennen uns schon. Wenigstens glaubst du das, wie ich es sehen kann“, sie wartete kurz und fragte: „Überrascht?“, dann ohne eine Antwort abzuwarten, fing sie an, ihr Geschenk auszupacken. Sie lachte, als sie den Inhalt der Kiste sah. Der neuste Schrei der Technik Roll-Lap. Zwei etwa dreißig Zentimeter lange Stäbe, die zu einem vierzehn Zoll Laptop ausgerollt werden konnten. Durch kostspielige Zusatzfunktionen war es möglich, die Stäbe als Telefon, Fernrohr, Taschenlampe, Pointer, Scanner oder auch als Waffe zu benutzen; vorausgesetzt die dpd-Nummer war hierfür frei geschaltet.

Die Frauen warteten nicht lange. Tratschend gingen sie ins Wohnzimmer. Mada stand allein da und versuchte seine Gedanken zu ordnen, weil er Vanessa viel länger kannte als Nella es tat, aber solche Geschenke niemals von ihr erhalten hatte. Einen PhonePen, ja, hatte er bekommen. Weil es kaum etwas kostete, aber das hier war schon ein anderes Kaliber. Sollte er deswegen neidisch sein? Nein. Vielleicht eifersüchtig? Aber das war ihm fremd.

Er betrachtete den Flur, vor allem die vielen kleinen Fotos. Nella war auf keinem der Fotos abgelichtet, sondern zufällige Menschen, was ihm sofort auffiel. Er begann hektisch nach einem Foto zu suchen, auf dem Nella zu sehen war, aber er konnte keins finden.

„Sherlock, komm schon", Vanessa unterbrach seine Suche, nahm seine Hand und führte ihn ins Wohnzimmer.

Der Raum war überdimensional groß und trotzdem gemütlich. Die Einrichtung war praktisch und verriet einen guten Geschmack für einfache Details. Mitten im Raum stand ein schwarzer, zirka vier Quadratmeter großer Couchtisch. Um ihn herum standen zwei, mit schwarzem Leder bezogene, Ecksofas, die ausreichend Platz für mindestens sechzehn Personen bereithielten. Von der sechs Meter hohen Decke schlängelte sich eine Pendellampe in Form einer Schlange herunter und beleuchtete den Couchtisch mit ihrem geöffneten Maul. Die Couch-Tisch-Oase war ein Mittelpunkt und konnte aus jedem Winkel erreicht werden. Der Rest des Raumes befand sich eine Stufe höher und Mada musste eine Stufe absteigen, um in den Wohnzimmerbereich vom Flur aus zu gelangen. Links von ihm befand sich eine Küchenzeile mit purpurroten Küchenmöbeln. Weitere Details, wie Kanten, Griffe und Arbeitsplatte waren schwarz sowie alle E-Geräte wie Herd, Ofen und Mikrowelle. Rechts führte eine Rundtreppe mit schlangenartigem Geländer nach oben zum offenen Schlafzimmerbereich; mit massiven Ketten an der Decke befestigte, eine vierzig Zentimeter dicke und vier Quadratmeter große Plattform, mit einem milchigen Plexiglas-Geländer. Er suchte vergeblich nach weiteren Türen, da diese in den Wänden versteckt waren, fasste Vanessa am Arm und fragte: „Und wo ist die Toilette?“

„Das verrät sich von selbst“, antwortete sie und fügte geheimnisvoll hinzu: „Schau ab und zu nach unten.“

Sie nahm seine Hand und ging nach rechts, vorbei an der Rundtreppe, entlang der runden Wand und zwei Schritte weiter, erschien auf dem Boden eine Aufschrift Clothes. Mada blieb stehen. Die Buchstaben zeigten den Weg und ein dezent blauer Lichtstrahl umrahmte die entsprechende Tür. Erst jetzt bemerkte Mada die in die Wände eingearbeiteten transparenten Griffe.

„Komm schon“, Vanessa war ein paar Schritte entfernt, auf der Aufschrift Restroom. Sie zeigte auf die gegenüber liegende Seite des Raumes und sagte: „Da ist die Küche, rechts davon das Esszimmer, links das Badezimmer.“

Mada spürte die Aufregung aufkommen.

„Und deshalb kannst du dich hier, wie zu Hause fühlen“, unterbrach Nella. „Ich stelle euch den Leute vor“, sagte sie und zeigte, dass sie mitkommen sollen.

Nach einer kurzen Vorstellungsrunde sowie zahlreichen Smalltalks, an den sich Mada kaum beteiligte und wortlos neben einer fröhlich quasselnden Vanessa stand, betrachtete er weitere Elemente Nellas Wohnung. Deshalb verpasste er bewusst den Moment, als alle Gäste ins Speisezimmer gebeten wurden. Es dauerte etwa fünf Minuten, bis das Wohnzimmer leer war. Mada nutzte die Gelegenheit, diesen Raum zu verstehen. Ihm fiel erst jetzt auf, dass die quadratisch eingerichtete Couch-Tisch Oase auf einem Kreis gebaut wurde und irgendwie an eine Drehbühne erinnerte.

„Hat Sie da unten was versteckt?“ Er fing an zu denken, aber wurde prompt unterbrochen.

„Mads?“, Vanessa suchte Mada.

Er konnte ihre leise, aber melodische Stimme immer von anderen unterscheiden, weshalb er sie sofort hörte. Er folgte ihr.

Das Esszimmer war im Vergleich zum Wohnzimmer relativ klein, aber dennoch groß genug, um einen aus massiven Holz gebauten Tisch mit zwanzig Stühlen unter zu bringen. Mada war fasziniert, wie meisterlich die alten Schnitzstühle ausgeführt waren. Als er die erste Reihe seitlich betrachtete, fiel ihm auf, dass auf jedem Stuhl eine eigene Ziffer eingeschnitzt war.

„Nummern?“, fragte er sich. „Haben wir für diese Vorstellung überhaupt die Karten reserviert?“, machte er sich weiterhin lustig. Bevor er seine ernsthaften Gedanken wieder aufnehmen konnte, wurde er wiederholt unterbrochen: „Mads.“ Vanessa stand rechts neben Nella.

„Das kann nichts Gutes heißen oder doch?“, überlegte Mada.

Er schaute auf den reichlich bedeckten Tisch und bemerkte, dass so manche ausgesuchte Speisen einen Partyservice verrieten oder für die guten Kochkünste der Gastgeberin sprachen. Als alle Gäste ihre Plätze einnahmen, erklärte Nella kurz die Speisen auf dem Tisch und wünschte Guten Appetit. Es dauerte nicht mal zwei Minuten bis die ersten Personen zu ihren zuvor unterbrochenen Gesprächen zurück kamen und sich der Raum mit tratschenden Stimmen füllte.

„Was machen sie beruflich?“, ein Gast, dem Mada gegenüber saß, versuchte ein Gespräch anzufangen.

Etwas Mysteriöses geschah: Nella unterbrach ihr Gespräch mit Vanessa und sagte lächelnd zu ihrer linken Seite, wobei sie Mada anschaute: „Greg, er ist ein Betrachter“, dann sprach sie weiter mit Vanessa.

Mada entging das kleine Detail nicht, das für alle anderen zu schnell und somit unsichtbar war. Als Nella Greg ansprach, konnte sie gleichzeitig das Gespräch mit Vanessa fortführen. Nur Mada war in der Lage zu sehen, dass sie dabei nur ihn anschaute. Die beiden anderen merkten nichts davon.

„Also...“, fing Greg lallend an und versuchte dann mit etwas gefasster Stimme zu sprechen: „Was betrachten sie?“

Greg war Mitte vierzig, glatzköpfig und trug einen Bierbauch mit sich. Er war schick angezogen und mit seinem Goldschmuck, zu dem ein Armband, ein Signet und eine Halskette gehörten, versuchte er eigenen Reichtum zu demonstrieren. Dabei war er mehr an Männern als an Frauen interessiert.

„Als Heterosexueller nicht gerade ein Traum, aber gleich auf Schwul zu machen“, dachte Mada überheblich. Wobei ihn nur der schwabbelige Köper des Mannes und nicht seine sexuelle Orientierung störte.

„Ich betrachte Unstimmigkeiten“, entschied er sich zu antworten. Er wusste, dass Nella alles hörte und hoffte, sie wieder hinlocken zu können. Sie grinste nur.

„Und wo sehen sie die Unstimmig-ig-keiten?“. Greg fragte rülpsend weiter und Mada spürte, dass ihm der Typ langsam auf die Nerven ging.

„Entschuldigung“, sagte Nella, stand auf und versuchte die Aufmerksamkeit der Gäste auf sich zu ziehen. Mada bedankte sich im Stillen dafür.

„Wir wollten noch meinen Film anschauen. In einer halbe Stunde geht es los.“

Sie verließ den Raum. Vanessa lächelte ihn verunsichert an.

„Ist was?“, fragte sie.

„Nein. Alles in Ordnung“, antwortete Mada. Ihm war aufgefallen, dass er Vanessa seit über einer Stunde nicht angesprochen hatte, weil er sich nur noch auf Nella konzentrierte.

Das Wohnzimmer füllte sich. Nella nahm eine Fernbedienung, verschloss automatisch alle Jalousien, rollte von oben eine Leinwand aus, die einen Meter vor den Eingangstüren zum Wohnzimmer hing und dimmte das Licht. Ein Kreissegment mit eingebautem Reck, auf dem sich der Beamer befand, stieg hinter einem Sofa hoch. Mada setzte sich rechts auf die Armlehne, die näher zur Rundtreppe war.

Der Film war höchst langweilig und Mada war froh, als während einer Kaffee-Kuchen Pause die ersten Gäste entschuldigend die Party verließen. Ob sie ihre Kinder abholen mussten oder ob sie die Zeugen des darauf folgenden Ereignisses nicht werden sollten, war zu diesem Zeitpunkt irrelevant. Nella zeigte einen selbst geschnittenen Film mit Bildern ihrer Indien-Reise und hoffte, alle mit Klischees beeindrucken zu können.

„Ihr bleibt doch noch, oder?“, sie schaute die noch Gebliebenen an: Vanessa, Mada, Greg und vier Pärchen. Diese stimmten zu. Zwanzig Minuten später war die Vorstellung vorbei. Nella rollte die Leinwand zurück, öffnete die Jalousien und ließ das Maul der Schlange wieder leuchten. Dann fragte sie gespannt: „Und? Was meint ihr?“

„Teilweise zu heftig. All die armen Menschen“, traute sich eine blonde und für ihr Alter viel zu aufreizend angezogene Frau zu sagen, die neben einem etwa zehn Jahre jüngeren Mann saß.

„Ich konnte keine Fotos mit dir sondern nur von dir erkennen“, sagte Mada und alle glotzten ihn schockiert an.

„Fotos von irgendjemand und von irgendwo. Genau wie bei deinen Familienfotos im Flur. Warst du wirklich dort? Hast du überhaupt eine Vergangenheit?“, führ er fort.

„Du spinnst.“ Nella klang abwertend. Sie verließ übertrieben laut den Raum, ging nach oben zum Schlafzimmer-Plateau und suchte hektisch nach etwas. Mada schaute fragend die anderen Gäste an.

„Kennt ihr Nellas Kindheit? Woher kommt sie?“, fragte er leise in die Runde.

Nella kam mit einem Fotoalbum zurück, setzte sich auf die Couch und sagte scheinbar erleichtert: „Gestattet mir euch bekannt zu machen: meine Familie.“ Dann schaute sie Mada provozierend an: „Und somit meine Vergangenheit“, zischte sie in seine Richtung.

Er rollte seine Augen und zeigte ihr den Vogel, um Nellas Benehmen wortlos zu kommentieren. Vanessa stand in der Küche und plauderte mit einem Pärchen. Sie kamen hinzu, als sich die ersten Gäste interessiert im Wohnzimmer zusammen drängten. Die ganze Aufmerksamkeit lag nur noch auf Nella und ihrem Fotoalbum. Mada blieb als Einziger auf dem gegenüber stehenden Sofa sitzen, während alle anderen Menschen sich um Nella versammelten. Sie öffnete ihr Album und begann langsam zu blättern. Ab und zu zeigte sie mit dem Finger auf irgendetwas und manche fingen an mit ihr zu lachen.

„Da war ich vierzehn… Echt Wahnsinn, wie viel Spaß ich dabei hatte“, erzählte sie fröhlich.

Mada konnte sein Interesse an den Fotos nicht verbergen, auch wenn er sich sicher war, dass viele gefälscht waren. Als Nella gestikulierend eine weitere Geschichte zum Bild erzählte, nutzte Mada die Gelegenheit, um im Album weiter zu blättern. Plötzlich bemerkte er Vanessas schockierenden Blick. Sie wollte etwas sagen und hob ihre Hand, aber Mada nahm ihr mit einer Geste die Stimme weg.

„Guck mal, das ist doch Mads“, Greg zeigte aufgeregt auf ein Bild und alle näherten sich Nella. Sie lachte, als ob ihre Show den Höhepunkt erreicht hätte.

„Das ist nur mein Opa im Zweiten Welt Krieg. Ich glaube in der Normandie“, erklärte Nella.

„Mads“, Greg schaute Mada an: „Warst du wirklich in diesem Krieg?“. Greg reichte ihm das Album. Mada betrachtete das Bild und war erstaunt, wie gut Nella seine Erinnerungen darstellen konnte. Vanessas Augen wurden glasig vor Tränen. Sie schaute enttäuscht ihren Freund an, aber auch ihre Freundin Nella. Von allen Augen der noch gebliebenen Gäste verfolgt, ging sie wortlos zum Clothes Raum, zog hektisch ihren Mantel an und verließ die Wohnung.

Mada spürte die aufkommende Wut in sich. Er hob die rechte Hand und knipste mit den Fingern. Die versammelten Menschen erstarrten zu Fensterpuppen, samt Nella.

Kapitel 3:
»Den Weinenden verbietet man die Tränen«
Magdallena

Magdallena Damonds war gerade dabei die Wäsche ihres Mannes vom Boden einzusammeln, als ein höllischer Lärm sie aufschreckte. Das ganze Haus schien zu ruckeln. Ein Erdbeben? Hier in Paris? Die Türe hinter ihr ging auf, sie drehte sich um und sah einen Mann in ihrem Schlafzimmer stehen. Warum der Fremde ihr bekannt vorkam, konnte sie sich nicht erklären. So als ob sie ihn schon seit längerer Zeit erwarten oder ihn längst kennen würde. Kurz bevor sie Angst bekommen und weg rennen konnte, stellte sie fest, dass sie sich nicht mehr bewegen konnte. Der Fremde nährte sich, was sie noch mehr aufschreckte und sagte: „Ich werde dich retten. Du musst nur Geduld haben“.

Der Staub des Schutts kam aus dem Flur in den Raum und versperrte die Sicht, um dann augenblicklich zu verschwinden. Samt des Mannes. Magdallena war wieder allein, was in letzter Zeit häufig vorkam.

»Du bist viel zu schön für diese Welt«, sagten viele Menschen zu ihr, was nicht unbedingt ihre persönliche Meinung war. Zumal sie davon fest überzeugt war, dass die Schönheit ein Hindernis auf dem Weg zur Anerkennung ist. Die Wahrscheinlichkeit, dass alle nur ihr äußeres Erscheinungsbild betrachteten - lange, schwarze Haare, ein Meter siebzig groß, schlank, lange Beine, weiche Gesichtskonturen mit hohen Wangen, großen Augen, vollen, rosigen Lippen und kleiner Nase - war größer, als dass man mit ihr über ihre Weltanschauung sprechen wollte. Sie brauchte lange, um die Frauenrolle in der jungen Demokratie richtig darstellen zu können, wie alle politischen Systeme, von Männern für Männer erschaffen. Vorbildlich hielt sie sich ruhig, wenn ein Mann sprach und versteckte ihre Meinung im Unterbewussten. Klar, dass sie neidisch auf die Frauen war, welche sich gegen die Unterdrückung einsetzten, aber die Konsequenzen des Kampfes wollte sie nicht mittragen. Die Einsamkeit wurde ihr bester Freund und die Gesellschaft ihr Alptraum.

Sie war fünf, als sie von ihrem Vater vergewaltigt und vierzehn, als sie von ihm schwanger wurde. Gleich nach der Geburt nahm man ihr das Kind weg. Sie verlor schlagartig nicht nur ihre Kindheit, sondern auch ihren Glauben an sich selbst. Der Versuch ihrer Mutter von der Schwangerschaft, und darüber hinaus wer der wahre Vater ist, zu erzählen, brachte nur noch mehr Leid. Magdallena kam nicht viel weiter als: „Dein Mann und mein leiblicher Vater fasst mich an…und du“

Ein stechender Schmerz der schlagenden Hand, hatte spürbar ihr Gesicht erwischt. Ihre Mutter war empört und schwer enttäuscht. Wütend und außer sich stellte sie gleich klar, dass sie schon drei Mal geschieden war und endlich verstand, dass ihr erster Mann, ihre einzig wahre Liebe war. Diesen Mann wieder gewonnen zu haben, war für sie wie ein Wunder.

„Du bist nicht attraktiver als ich“, beendete sie mit fies zischender Stimme.

Als Magdallena in ihrem Zimmer wieder alleine war, hörte sie ihre Mutter in der Küche weinen. In dem Augenblick konnte sie sich nicht erklären, warum ihre Gefühle so kalt waren. Sie spürte keine Wut oder Trauer, aber auch nicht Liebe. Danach dachte sie fälschlicherweise, dass sie an allem selbst Schuld war und womöglich ihren Vater dazu angestiftet hatte. Zwar konnte sie sich nicht erklären, wie sie das angestellt haben konnte, aber vielleicht gab sie ihm keine andere Wahl, weil sie so gefühllos war.

Drei Jahre später, in einem sechs Hundert Kilometer weit entfernten Internat, schloss sie ihre Schule mit Auszeichnung vorzeitig ab. Da dachte sie wieder daran, wie schön das Leben sein kann. Sie fand problemlos eine Arbeit in einer renommierten Firma, wo sie sich weiterbilden konnte. Ihr neuer Chef verehrte sie offensichtlich und hatte sich eine berufliche Zukunft mit ihr ausgemalt. Magdallena schmeichelte sein Interesse, aber sie brauchte immer noch Zeit zum Vergessen. Vor allem brauchte sie Zeit zum Erkennen, was ihr zugestoßen war.

Am wohlsten fühlte sie sich zwischen Menschen, die ihre Hilfe brauchten. Sie engagierte sich, wo sie konnte. Die von der Gesellschaft ausgestoßenen Menschen im Obdachlosenheim, wo sie ehrenamtlich mithalf, gaben ihr die einzige Nähe, die sie zurzeit brauchte. Dabei hatte sie eine unheimliche Neigung, den falschen Menschen Glauben zu schenken, weil sie häufig zu offenherzig war.

Eines Nachmittags kam sie von der Arbeit zurück. Ihr Chef stand vor ihrer Tür. Er sah sehr traurig aus und fragte, ob er mit rein kommen durfte. Dann sagte er, dass ihr Vater todkrank sei. Diese Nachricht kam gerade recht, dachte sie. Jetzt konnte sie alles klar stellen.

Als sie wieder allein war, entschloss sie sich, einen Brief zu schreiben. Damit wollte sie sich wahrscheinlich selbst erklären, warum sie bereit war, zu vergeben.

»Liebe Mutter,

Die Nachricht von der Krankheit Deines Mannes war sehr traurig für mich. Ich wollte Dir mein tiefstes Beileid aussprechen. Ich hoffe, er muss nicht leiden, wie ich gelitten habe und dass ihm jemand in seinem Leiden unterstützt, was mir nicht gewährt wurde.

Soweit ich Dich kenne, fragst Du Dich sicher, warum ich diesen scharfen Ton in meinen Wörtern benutze. Dein Mann hat mich Jahre lang missbraucht, gedemütigt und fertig gemacht und Du hast dabei zugeschaut. Deinen Mann habe ich vergessen, aber trotzdem oder leider bin seine Tochter, deshalb werde ich ihm die letzte Ehre erweisen, wie sich das gehört.

Ich werde im Hotel schlafen und nur in die Kirche kommen, wenn er gestorben ist. Auf Dein Verständnis und Einwilligung hoffe ich sehr.

Hochachtungsvoll

Maggie«.

Magdallena wartete zwei Tage auf eine Antwort. Dann fragte sie ihren Arbeitgeber nach einer Auszeit, bekam frei und mit dem Versprechen, dass sie in wenigen Tagen zurückkommen würde, packte sie ihre wichtigsten Sachen in eine meerblaue Reisetasche zusammen und machte sich auf den Weg.

Die Aufregung war groß und die Hoffnung, dass alles wieder gut sein werde, verfälschte ihre Gefühle. Sie konnte nicht wissen, dass diese Reise kein Ende haben wird. Dass sie nie mehr ein normales Leben führen wird. Dass sie noch mehr leiden wird. Sie konnte nicht wissen, dass ihr zukünftiger Mann ebenfalls in ihrem Zug sitzen wird. Dass sein Schicksal Magdallenas Leben durcheinander bringen wird. Dass sie noch vier Jahre brauchen wird, um ihr Heimatdorf zu besuchen.

Die Zugreise, durch die sich stets verändernde Landschaft war entscheidend für ihr Wohlgefühl. Ihren viel zu dicken Mantel zog sie, für diese überraschend angenehmen Temperaturen im März, als erstes aus. Sie ließ die Frühlingsenergie in sich hinein. Die Vergangenheit war weit weg und ihr erreichtes Eigentum und Wissen zählte hier und jetzt. Die kleinen, gerade erst grün werdenden, Inseln vor dem Fenster in der Landschaft, an die sie vorbei fuhr, stellten es dar. Sie schloss ihre Augen und hörte den rhythmischen Klängen des Zuges zu.

„Ist der Platz frei?", fragte eine bekannte Stimme.

Magdallena hob ihren Kopf nach oben.

„Lembert! Was machst du denn hier?" Sie stand auf, umarmte ihn und bat ihm den Platz neben sich an.

Lembert lernte sie vier Monate vor dem Abschluss im Heim für Obdachlose kennen. Er war der Einzige dort, dem sie vertrauen konnte, weil er ein ähnliches Schicksal erleiden musste und dort; ähnlich wie sie, ein freiwilliger Helfer war. Er war viel älter als sie und gab ihr die unverbindliche Nähe eines Mannes, der in ihr einen wertvollen Menschen gesehen hatte. Er verstand ihre Angst vor menschlichen Kontakten und konnte die therapeutische Kraft ihres Engagements für die Armen nachvollziehen. Alle anderen fragten immer, wie sie das alles machen kann und warum oder für wen. Er tat es nie. Sie freundete sich mit ihm an.

„Ich habe von der Krankheit deines Vaters gehört", fing Lembert an.

„Du meinst meines Erzeugers", entgegnete Magdallena.

„Ich war bei deinem Chef", er suchte etwas in seiner Tasche: „Aber er sagte mir, dass du schon weg bist. Er hat mir…", er hielt einen Brief in seiner Hand, „… das hier gegeben. Ich bin froh, dass ich ein paar Lokführer kenne", er hob sein Kopf vor Stolz hoch: „Willst du das lesen?", fragte er anschließend.

Ein Stechen in ihrem Herzen warnte sie vor der Enttäuschung. Trotzdem nahm sie den Brief, öffnete ihn und begann zu lesen.

»Liebe Schwester,

ich hoffe, Du wunderst Dich nicht, dass ich Dir schreibe. Ich bin schon erwachsen und deshalb kann ich das. Aber Spaß bei Seite, Mutter will Dich im Moment nicht sehen oder sprechen. Ich wurde gebeten, Dir zu schreiben, dass Du nicht willkommen bist und Deine Reise abbrechen sollst.

Ich denke, dass Du weißt, dass ich Dich liebe und Dich immer willkommen heißen werde, wenn ich was zu sagen hätte. Papa hat Hoden-Krebs und seine Tage sind gezählt. Das wollte ich Dir noch ausrichten.

Liebe Grüße von Papa, Mama und mir.

Deine Hanna«.

Magdallena spürte, wie der ganze Inhalt ihres Magens in die Kehle stieg, weil sie von ihrem Erzeuger gegrüßt wurde. Dann wiederum war sie froh zu erkennen, dass Menschen für alles bestraft werden, weil ihr Vater bald am Hoden-Krebs verrecken würde. Er bekam Krebs an dem Teil seines Körpers, den sie ihm am liebsten abschneiden wollen würde. Sie bemerkte, dass ihr Atem aussetzte, dann wurde ihr schwarz vor Augen und sie verlor das Bewusstsein.

Auf einmal befand sie sich auf einem Flughafen, sie war ein kleines Mädchen und sprach mit einem fremden Mann. Der Fremde versuchte ihr weiß zu machen, dass sie Nella da Gamma heißt. Als sie wieder aufwachte, stand Lembert vor ihr mit einem Glas Wasser in der Hand. Er sah sehr besorgt aus.

„Hier, für dich." Er reichte ihr das Glas.

Magdallena konnte nicht sprechen. Ihre Augen waren glasig vor Tränen. Das Wasser konnte sie auch nicht wirklich runterschlucken. Sie hatte das Gefühl, dass ihr Traum die unbekannte Vergangenheit dargestellt hatte, weil sie sich an die Emotionen des Geschehens erinnern konnte. Nach einer langen, wortlosen Pause, schaute sie Lembert an und fragte: „Was machst du wirklich in diesem Zug?"

Lembert verriet mit seinen unruhigen Bewegungen, dass ihm diese Frage unangenehm war. Er nahm ihr das Glas ab, stellte es auf den kleinen Bistro-Tisch und kratzte sich am Kopf: „Willst du noch was?"

„Nein", lächelte Magdallena: „Ich habe dir eine Frage gestellt", erinnerte sie ihn.

„Ich steige gleich aus", antwortete er viel zu nervös: „Ich wollte dir den Brief geben, sonst nichts"

Sie glaubte ihm nicht und ihr war klar, dass Lembert etwas verbergen wollte. Sie nahm den Brief, zerriss diesen in kleine Teile und steckte sie in den Mülleimer im Zug. Sie schaute erneut Lembert an und sagte selbstsicher: „Ich steige mit dir aus".

Lembert war überrascht, aber er half Magdallena mit der Reisetasche und reichte ihr den Mantel. Sie zog ihn an und stieg aus dem Zug.

Ab jetzt befand sich ihr Leben in Händen eines nahezu fremden Mannes. Am Sterbebett konnte Magdallena ihrem Vater nicht mehr sagen, dass sie wegen ihm aus der Familie verbannt wurde und auf sich selbst gestellt war und, dass sein Zustand für sie ein Hauch der Gerechtigkeit war. Sie versuchte schon so viel, um zu vergessen, aber alle ihre Taten waren eher selbst zerstörerisch als hoffnungsvoll.

Sie blieb bei Lembert. Nach zwei Monaten wurde sie schwanger und im dritten Monat, im Morgengrauen, aus scheinbar unerklärlichen Gründen, erlitt sie eine Fehlgeburt. Da waren sie schon verheiratet, um überhaupt gemeinsam leben zu dürfen.

Magdallena wachte am besagten Morgen auf, weil ein stechender Unterleibsschmerz ihren Alptraum beendete: eine Opferzeremonie, in der sie beziehungsweise ihr ungeborenes Kind geopfert wurde. Ihre Mutter schien die Zeremonienmeisterin gewesen zu sein. Sie öffnete ihre Augen, Lembert stand vor dem Bett und hielt einen Eimer fest. Als sie die blutverschmierte Bettdecke sah, sprang sie auf. Lembert erklärte ihr, dass sie in der Nacht ins Koma gefallen war und stark zu bluten anfing, woraufhin ein Notarzt gerufen wurde, der ihren Embryo entfernte.

Der Trost, dass sie erneut schwanger werden konnte, erzeugte Schauer in ihrem Körper. Die harmonische Zeit und die Fürsorge, welche sie bis dahin genoss, gingen plötzlich verloren. Lembert musste nicht mehr verbergen, dass ihre Qualitäten als Bedienung, Köchin und Putzfrau für ihn ausschlaggebender waren, als ihre innere oder äußere Schönheit. Magdallena versuchte sich dennoch, wie eine Prinzessin zu fühlen. Was blieb ihr anderes übrig? Lembert kümmerte sich um das Geld und sie konnte sich hinter einer posttraumatischen Fassade verstecken. Mit der Zeit aber bemerkte sie auch den psychischen Zerfall ihres Mannes, weil er mit dem Trinken begann und später, anfing sie zu schlagen. Sie redete sich ein, dass es besser war, als vergewaltigt zu werden und nahm es regungslos hin.

Seine Abneigung gegenüber Frauen war durchaus merkwürdig, weil er als sechszehnjähriger, mehrmals und durch viele Männer, missbraucht wurde. Alle diese Männer waren ihm bekannt, weil sie zur seiner Familie gehörten. Dabei waren sein Stiefonkel Simon, dessen achtzehnjähriger Sohn Peter sowie sein Stiefvater Jochen und die, von Lembert höchst gehassten, Stiefbrüder Jonas und Johannes. Frauen waren nicht dabei. Er hatte auch noch Glück, weil seine Mutter ihm glaubte. Aber sie hatte auch keine andere Wahl, wenn man alle Wunden, nicht nur auf seinen Armen, sondern auch im Gesicht und auf den Oberschenkeln betrachteten musste. Ihm wurde die nötige Aufmerksamkeit gegeben und seine Peiniger wurden bestraft. Klar, dass dadurch die inneren Wunden nicht heilen konnten, aber wenigsten wusste er, wer für diese Tat ebenfalls zu leiden hatte.

Es vergingen vier lange Jahre, aber erst als Magdallena in ihrer Wohnung Mada begegnete, änderte sich ihr Leben erneut. Sie überlegte lange, warum sie den Fremden kannte. Bis sie sich an die Begegnung vor vier Jahren im Zug erinnerte. Dieser Mann dachte, dass sie Nella heißt. Sie schloss ihre Augen, um das damals Erlebte klarer zu sehen, dann hörte sie wieder die rhythmischen Klänge des Zuges. Als sie merkte, dass sie tatsächlich in einem Zug saß und einen Brief in ihrer Hand hielt, erschrak sie.

»Für Magdallena«, stand groß darauf geschrieben.

Sie öffnete den Umschlag und begann zu lesen: »Liebe Schwester«, dann unterbrach sie und schaute sich nervös um, aber im Zug saßen nur unbekannte Menschen und Lembert war weit und breit nicht zu sehen. Sie las weiter: »… leider bin ich gezwungen Dir mitzuteilen, dass unsere

Mutter im Sterben liegt. Bitte komme schnell und warte nicht lange. Ich brauche Dich hier. Deine Hanna«.

Wie vor vier Jahren, spürte Magdallena ein Stechen in ihrem Herzen. Aber sie dachte, dass sie wenigstens Hanna die Wahrheit schuldig war, weshalb sie nicht ausgestiegen ist und die unerwartete Reise fortsetzte. Sie schaute aus dem Fenster und bewunderte die umgebende Landschaft. Sie lachte, als sie einem Vogel zuschaute, der mit ihrem Zug ein Rennen aufnahm und spürte seine Resignation, als er das Rennen verlor. Sie versuchte sich die Farben der spätsommerlichen Natur einzuprägen, um irgendwann einen lang aufgeschobenen Wunsch, ein Bild zu malen, zu verwirklichen.

Als sie letztendlich aus dem Zug ausstieg und der Geruch des Heimatdorfes die Erinnerung aufstiegen ließ, bekam sie kalte Füße. Die Erlebnisse aus ihrer Kindheit umhüllten ihren Körper und alles, was sie danach tat, war auch für Magdallena nicht mehr steuerbar. Sie fragte sich, was sie eigentlich hier machte. Bevor sie weiter denken konnte, hörte sie plötzlich ihren Namen rufen. Sie drehte sich um und sah eine junge Frau - Anfang zwanzig, mit langen, rabenschwarzen Haaren - lächelnd auf sie zukommen.

„Maggie, da bist du ja“, sagte sie strahlend und weitete ihre Arme zur Umarmung aus.

Magdallena ging nicht darauf ein und war erstaunt, dass diese unbekannte Person sie mit Maggie ansprach. So wurde sie als Kind von ihrer Mutter genannt. Vor allem eine Frage ließ sie nicht los: »Woher wusste jemand, dass ich heute ankommen werde?«

„Erkennst du mich nicht mehr?“, fragte die junge Frau: „Ich bin's Hanna“, erklärte sie freundlich.

Magdallena musste ihren Schock und die Tränen verstecken. Sie sah Hanna das letzte Mal, als diese gerade mal sechs Jahre jung war. Jetzt war sie hübscher und ihre Augen verrieten, dass sie nicht missbraucht wurde, was Magdallena mit Erleichterung vernahm: „Tut mir Leid. Du siehst halt nicht mehr nach Baby aus und nur so habe ich dich in meiner Erinnerung behalten“.

„Ja, ich weiß. Du kannst offen mit mir sprechen.“

Magdallena blieb erstaunt stehen und fragte sich, ob Hanna Bescheid wusste oder mit der Bitte schlicht und einfach herausfinden wollte, wo ihr Schwester so lange geblieben war. „Ähm…“, war das Einzige, was aus ihr rausgekommen war. Wortlos folgte sie Hanna zum Auto und stieg mit versteinerter Mine ein.

Während der Fahrt erzählte Hanna fröhlich darüber, was sie so alles erlebte, so als ob alles normal wäre. Magdallena war sich sicher, dass ihre Schwester von ihrem Schicksal keinen blassen Schimmer hatte. Die Gelegenheit, Hanna die Wahrheit zu sagen, war hier und jetzt. Sie konnte aber kein Wort raus bringen und saß verstummt da. Ihre Gedanken schossen schnell wie Jets in ihrem Gehirn umher. Sie war nicht in der Lage, sich unter Kontrolle zu bringen, also entschied sie sich zu schweigen.

Der Wagen fuhr langsam in die bekannte Auffahrt. Sie drehte sich nervös nach hinten und dachte kurz darüber nach, ob sie in der Situation noch einen Rückzieher machen könnte. Hanna bemerkte ihre unruhigen Bewegungen und versuchte sie zu besänftigen.

„Ich weiß, du magst es nicht hier zu sein, aber ich versichere dir, ich bin auf deiner Seite und du brauchst keine Angst zu haben. Ich werde dich auch nie danach fragen. Ich hoffe aber, dass du mir eines Tages erzählen wirst, warum …“

Magdallena unterbrach sie: „Hanna, bitte zwinge mich nicht dazu, dein Leben zu ruinieren. Es reicht doch, wenn ich es mit meinem mache, oder!?“

„Wie meinst du das?“, fragte Hanna überrascht.

„Liebes, ich habe dich ewig nicht gesehen. Ich kenne dich eigentlich gar nicht. Würdest du einem Fremden deine Abgründe aufzählen?“, versuchte Magdallena versöhnlich.

„Abgründe? Du bist doch …“

„Ja, wer bin ich?! Weißt du das?! Du kennst mich doch gar nicht!“. Magdallena spürte die Kälte. Das Gefühl, ausgeliefert zu sein, lähmte sie und erneut vernahm sie diese widerlichen Gerüche: das Deo ihres Vaters, sein Sperma, sein Schweiß. Das ganze Dorf roch nach ihm, was sie betäubte.

„Es tut mir Leid“, sagte Hanna plötzlich: „Das ist wahr. Ich weiß wirklich nicht, wer du bist, dennoch bin ich froh, dich endlich wieder getroffen zu haben. Wenn ich für dich eine Fremde bin und du mit mir nicht reden willst, dann akzeptiere ich deine Entscheidung.“

„Er hat dich nicht angefasst“, stellte Magdallena fest.

Hanna schaute sie schockiert an und fragte verdutzt: „Wen meinst du?“

„Ach nichts, vergiss es“, antwortete Magdallena scheinbar abwertend.

Hanna parkte einige Meter vor dem Haus. Sie stieg aus und wartete auf ihre Schwester. Magdallena konnte sich nicht bewegen.

»Warum bin ich hier zurück gekommen?«, fragte sie sich. »Mutter ist krank geworden und ich wollte wenigstens einem Elternteil eine gute Reise wünschen. Hanna ist erwachsener geworden und schien von meiner Geschichte nichts zu wissen.«

Plötzlich klopfte Hanna auf die Scheibe neben ihr.

„Ja, ich komme“, sagte Magdallena. Sie stieg aus.

„Ich bin dir nicht böse.“ Hanna legte ihre Hand fest auf Magdallenas Schulter und fuhr fort: „Aber deine Geschichte mit Papa kannst du in deiner großen Welt erzählen. Hier in unserem Dorf interessiert das niemanden. Habe ich mich da deutlich ausgedrückt!?“ Ihr Druck wurde fester.

„Aber …“ Magdallena wollte so viel sagen, aber dann folgte sie Hannas Blick, drehte sich Richtung Haus und sah ihre Mutter auf die beiden langsam zukommen. Es dämmerte schon, weshalb Magdallena ihre Augen verengen musste, um besser sehen zu können. Dann schaute sie wieder ihre Schwester an. „Was habt ihr vor?“, fragte sie.

„Das wirst du gleich sehen.“ Hanna grinste sie diabolisch überlegen an. Ihre angespannten Gesichtszüge ließen Hass deutlich werden.

Magdallena schloss ihre Augen in der Hoffnung, dass sie gleich wo anders aufwacht. Das Nächste was sie spürte, war ein stumpfer Schlag auf ihren Kopf. Sie drehte sich mit letzter Kraft um und sah ihre Mutter an. Sie hielt einen Gegenstand in Händen, der wie ein Baseball-Schläger aussah.

„Warum tust du das?“, war das Letzte, was Magdallena von sich geben konnte und hörte Hanna sagen: „Dafür werden wir noch genug Zeit haben.“

Erneut schlug ihre Mutter zu. Dann wurde alles Schwarz. Magdallena war gestorben.

Kapitel 4:
»Den Armen zeigt man das Unerreichbare«
Der charmante Bettler

Madas Aussehen zu beschreiben, schien unmöglich zu sein. Er war ein Welt-Mensch. Alle Lebewesen waren in ihm verankert oder er passte sich jedem Lebewesen an. Nun seien wir ehrlich, er musste sich keine Gedanken darüber machen, sondern nur Menschen die ihm begegnet waren. Diese Menschen ahnten nicht, dass sich durch diese Begegnung alles verändern wird. Dass ihre selbstverständliche Wahrnehmung des eigenen Lebens und der umgebenden Welt in einem anderen Licht erscheinen wird. Dass dieser winzige Augenblick, einen unvermeidlichen Weg zur Selbstverwirklichung oder zur Selbstzerstörung zeigen kann. Die Offenheit, mit der er jedem Lebewesen begegnete, war bemerkenswert. Sein Gespür für menschliche Gefühle war sein Markenzeichen und machte ihn zum Menschenkenner. Was ihn aber wirklich ausmachte, war sein starker Wille und seine beinahe mystische Überzeugungskraft.

Paris, wo er sich gerade befand, war seine Stadt, sein Wohnzimmer. Er kannte hier jede Straße, jedes Haus und gerade deshalb war ihm nicht ganz klar, was seine jetzige Aufgabe mit sich bringen sollte, wenn er als Obdachloser die Weltgeschichte bestreiten musste. Die fünf Millimeter dicke Dreckschicht, die seinen ganzen Körper umhüllte, verschaffte ihm zwar die lang ersehnte Unabhängigkeit, aber er war gezwungen, sein wahres Ich zu verbergen.

Die erste Morgenröte an diesem 30. August 1997 schlich sich ungehindert durch die Pariser Straßen. Der Morgen beinhaltet all das, was die Welt ausmacht: die saubere, klare und durch die Nacht abgekühlte Luft, das Schattenspiel zwischen der tief und später hoch stehenden Sonne. Auch eine Großstadt kann um diese Uhrzeit eine unheimlich idyllische Atmosphäre freisetzen. Gebäudefassaden werden zu geometrischen Figuren, welche das Sonnenlicht brechen und eine dritte Dimension ermöglichen. Mada genoss den rosaroten Himmel, der alles in einem besonderen Licht umhüllte. Die sich entfernende Nacht zeigte ihre dunkelblauen Schatten am Horizont. Das erste Vogelgezwitscher erklang gleichzeitig mit den Autogeräuschen und hieß den neuen Tag willkommen.

An diesem Tag konnte Mada den einzigartigen Augenblick der aufgehenden Sonne nicht wirklich aufnehmen. Er war gerade dabei, seine letzte Woche zu verarbeiten, was ihm am besten im flachen Schlaf gelang. Vor vielen Jahren lernte er diese unentdeckte Meditationstechnik von einem Shaolin-Mönch kennen, als ihn seine Aufgabe bis nach Tibet verschlug - was aber eine andere Geschichte ist. Die durch diese Bekanntschaft erlernte Schlafmeditation ermöglichte ihm, in die tiefsten Regionen seines Unterbewusstseins zu stoßen und das kürzlich Erlebte aus einem anderen Winkel zu betrachten.

Er saß mit halb geöffneten Augen auf der Rue de Ravioli vor dem Fenster eines Bäckers. Der Verkäufer schaute verärgert auf die sich stets vergrößernde Menschenmenge vor seinem Laden. Die glotzende Masse versuchte einem Bettler zu helfen. Er sah den Penner schon kurz nach dem Öffnen um 6:15 Uhr kommen. Diesem Mann war er noch nie zuvor begegnet. Er sah nicht wie die anderen Penner aus und benahm sich recht kultiviert. Als der Verkäufer ihm sagte, dass er vor seiner Tür nicht sitzen soll, bekam er als Antwort: „Ich wünsche mir nur diesen einzigen Augenblick des Morgens, an diesem letzten Tag meines elenden Daseins und das können sie mir an genau dieser Stelle ermöglichen. Ich brauche nicht ihr Geld oder ihr Essen sondern ihren Vorplatz. Mein Aussehen mögen sie mir bitte verzeihen …“ Der kuriose Penner drehte sich links Richtung Seine hin und starrte der geröteten Morgensonne entgegen. Dann sagte er noch: „Ich werde ihre Gnade zu schätzen wissen“.

»Er ist unheimlich.“ - dachte der Verkäufe – „... und seine Augen sind irgendwie türkis-blau. Die natürlich erweiterten, aber außergewöhnlich quadratisch wirkenden, Pupillen sowie ein rabenschwarzer Wimpernrand um die Augen machen seinen Blick durchaus interessant und irgendwie auch mystisch. Die nahezu perfekt geformten Augenbrauen, die erdig-braune Haut, die dunkelbraunen schulterlangen Haare und der verdreckte Designer Trendcoat vermitteln einen doch relativ gepflegten Eindruck und erinnern mehr an einen Charmeur als an einen Clochard«.

Der Verkäufer ließ ihn sitzen und kehrte hinter seine Theke zurück. Etwa zwei Stunden später bemerkte er ein paar verwunderte Passanten, die vor und in den Laden rein schauten. Kurze Zeit danach stürmte eine straßenbekannte Tratschtante in den Laden.

„Was ist denn vor deinem Laden los?“, gackerte sie angriffslustig. „Hast du die Gestalt da draußen gesehen? Du musst sofort was unternehmen!“

„Er sitzt nur da. Klaut nicht, bettelt nicht ... Madame Tourell, was soll ich denn machen?“, fragte er freundlich.

„Und wie nennst du das?“ Sie stellte sich breitbeinig vor den Eingang, zwischen dem Innenraum des Ladens und der Straße, dann zeigte sie in Richtung des meditierenden Bettlers und der versammelten Menschenmenge. Diese Auseinandersetzung unterbrach ein klingelndes Telefon. Der Verkäufer ging erleichtert ran.

„Bäckerei Jean Paul Hèvin, wie kann ich ihnen helfen? ... Ja ... Nein, alles unter Kontrolle ... Nein ... Aber, nein ... Ich verstehe ... Ja, wir sehen uns“ Er legte auf und schaute Madame Tourell genervt an.

Die feine Dame hatte nichts Besseres zu tun, als die Polizei von dem Penner zu berichten, bevor sie in seinen Laden gekommen war. Nichts entging ihrer Aufmerksamkeit. Er schloss die Kasse ab und begab sich schwerfällig nach draußen.

„Schau!“, fügte Madame Tourell abwertend hinzu, als er durch die Türe an ihr seitlich vorbei ging. Er blieb erstaunt stehen und betrachtete einen anderen Menschen als ein paar Stunden zuvor. Er sah vor sich einen verrückten Mann - die Pupillen samt Iris rotierten in gewissen Abständen vertikal hin und her, seine halb geöffneten Augenlider bewegten sich nicht -.

Der Verkäufer beugte sich nach vorn und sagte mit zitternder Stimme: „Monsieur, verzeihen sie die Störung, aber sie müssen aufwachen. Leider dürfen sie nicht länger hier sitzen bleiben“

„Genau!“, Madame Tourell stand direkt hinter dem Verkäufer, als ob er ihr Schutzschild wäre und konnte ihren Mund nicht still halten.

Zur Überraschung des Verkäufers öffnete der Mann seine Augen, schaute erst ihn, dann die versammelte Menschenmenge an und sagte mit einer etwa rauen, aber dennoch deutlichen Stimme: „Ich bitte um Verzeihung! Das hat länger gedauert als ich mir vorgenommen habe!“ Er sammelte sich, stand langsam auf und schaute Madame Tourell gelangweilt an: „Sie haben bestimmt noch einen Termin und wollten sich nur ein paar süße Brötchen gönnen“, sagte der Penner abfällig zu ihr. Sie schaute hektisch auf die Uhr und entfernte sich theatralisch schnell - mit wild gestikulierten Händen. Der Bettler packte seine Sachen zusammen und ging wortlos weg.

Die versammelten Menschen samt Verkäufer standen die ganze Zeit regungslos da. Erst als die Gestalt des Mannes am Horizont verschwand, bewegte sich eine Kundin, ging in den Laden und rief fragend nach draußen: „Also lieber Monsieur Marcel, bekomme ich bei ihnen ein paar Brötchen?"

Der Verkäufer spürte endlich seine Beine wieder und konnte die Kundin bedienen. Die erstaunten Menschen erinnerten sich plötzlich an die Gründe für ihr eigenes Leben und niemandem war klar, was sich gerade vor ein paar Minuten abgespielt hatte. Sie verließen den Ort des Geschehens, wie nach einer zu Ende gespielten Vorstellung.

14:35 Uhr.

Mada grinste, als er an dem Bäcker und den verwunderten Menschen vorbei ging und in Richtung Seine steuerte. Diese Szene erinnerte ihn an ein Theaterstück. Die Schaupuppen unterschiedlichen Geschlechts und er, ein menschlicher Schauspieler. Der einzig Lebende unter ihnen konnte alles mit den Puppen machen, entschied sich dennoch nichts zu verändern. Zwischen ihnen bewegte er sich wie ein Schatten. Sein Ziel war so nah, dass ihn jetzt niemand mehr fassen konnte.

Im Jardin des Tuileries angekommen, setzte er sich auf eine Bank und versuchte den kurz davor erlebten Traum zu deuten. Sein flacher Schlaf half ihm die Tatsachen zu erkennen und sie zu analysieren. Er benutzte diese Technik dennoch sehr selten. Die Lage, in der er nicht eingreifen und die Ereignisse nicht verändern konnte - welche ohnehin unkontrollierbar waren -, machten ihn schwächer und verkürzten seine Mission. Da er bis jetzt noch nie auf sich allein gestellt war und alles außer Kontrolle zu geraten schien, entschied er, dass eine Zeitstrafe ein kleineres Übel war. Ab jetzt wusste er, dass ihm nur noch ein paar Stunden zur Verfügung standen. Er tappte im Dunkeln. Welche Rolle spielte das Mädchen?

Er erinnerte sich an die letzten 12 Tage, als ob er ein Buch über sich selbst lesen würde oder im besagten Traum eine Zuschauerrolle angenommen hätte: Am 18. August um 4:45 Uhr landet eine Boing 747 der Swiss Airline auf dem Pariser Flughafen Orly. Ein gut aussehender Mann mit einer Laptop-Tasche in der rechten Hand und einem, auf dem linken Unterarm aufgelegten, dunklen suite bag mit einem made-to-meansure Anzug steigt aus der Maschine und begibt sich in die „baggage claim" Zone hinter den anderen Fluggästen, um seine Koffer abzuholen. Eine Frau mit einem Kind auf dem rechten Arm, einem großen Koffer in der linken Hand und einem, an ihrem rechten Oberschenkel klemmenden, sechs jährigen Mädchen steigt kurz danach auf die Fahrtreppe vor ihm. Etwas klingelt. Die Frau fasst mit der linken Hand vor ihre Augennetzhaut, vergisst dabei ihren Koffer ab zu sichern und beginnt zu sprechen: „Hallo! Anna Damond". Die Kleine ist die einzige Zeugin und auch Auslöser des darauf folgenden Ereignisses: Das Mädchen schaut den Koffer an. Ihre Augen leuchten vor Freude als sie vorausschaut, dass der Koffer auf den hinten stehenden Mann kippen könnte. Er lächelt sie an und machte einen Schritt nach vorne, um den Koffer zu halten. Seine nahezu unsichtbaren Bewegungen sind erschreckend schnell und erinnern an einen Ninja. Die Kleine muss sich mit ihren Zähnen auf die Lippen beißen, um nicht los zu lachen. Der gegenüber stehende Mann bemerkt das versteckte Lächeln und runzelt seine Stirn vor Verwunderung. Niemand zuvor konnte seinem Blick ausweichen, geschweige denn, mit ihm zu spielen.

»Warum spüre ich ihre Gefühle und fühle ihre Seele in meinem Kopf?", fragt sich der Mann.

Das Mädchen bemerkt alle seine Gedanken und entdeckt verborgene Erinnerungen. Sie ist verwundert, warum sie sich selbst so fremd vorkommt. Als noch ein Gesichtsteil des Mannes, seine Gestik oder gleich die ganze Mimik, angefangen haben sich ständig zu verändern, konnte sie es nicht mehr aushalten und begann zu lachen. Warum sie gerade jetzt lachen muss, versteht sie nicht. Alles scheint so komisch zu sein. Sie weiß in diesem Augenblick, dass sie keine sechs Jahre alt ist und Nella da Gamma heißt.

Plötzlich sieht sie Lichter in seinen Augen. Sie versucht Ihre Augen möglichst darauf zu konzentrieren, alle Bilder genau sehen zu können. Wie ein schwarzweiß Film rasen die einzelnen Aufnahmen vorbei. Nur ihr Gesicht verrät, wie schön oder schrecklich es ist, was sie sehen muss.

„Es ist deine Zeit. Das ist deine Erlösung. Nur noch diese Mission, wie gewünscht.“ Die Stimme kommt aus dem Nichts. Keiner der beiden sagt was. Sie schauen sich nur verwirrt an. Mit diesen Wörtern wird eindeutig der Mann angesprochen.

»Warum konnte sie das auch mithören? Wer war sie?!«, überlegt er.

„Ich bin‹s Magdallena“, antwortet das Mädchen.

»Nein, dass bist du nicht«, denkt er sich, was sie auch hören kann.

Ihre Mutter sagt plötzlich: „Achtung Maggie!“

Sie springt verspielt auf die letzte Stufe und läuft hinter ihrer Mutter. Der Mann bleibt irritiert mit seinen Gedanken zurück.

»Was war da eben los? Magdallena ist doch erwachsen, wenigsten diese, die ich finden soll. Warum mischt sich jemand ein? Was hat diese Frau in ihrem Auge und mit wem sprach sie? Wer will die Spuren verwischen? Wer ist Nella da Gamma?«

Mada wusste nicht, wohin er flog und warum, als er im Flugzeug nach Paris aufgewacht war. Kurz nach der Landung und seiner Begegnung mit dem Mädchen, stellte er fest, dass ihm diesmal keine finanziellen Mittel mehr zur Verfügung standen. Das war die bittere Strafe für die vermeintlich lösbare letzte Mission, vermutete Mada. Offensichtlich war kaum einem aufgefallen, dass dieses Ereignis unverändert bleiben musste. Aber die neue Aufgabe war anscheinend noch nicht bereit, gelöst zu werden. Er entschloss sich, die Zeit auszusitzen und suchte selbst eine passende Bleibe und ein Einkommen.

Seit seinem letzten Besuch wollte er sich ein Fahrzeug zulegen. Für ihn war das Automobil die beste Erfindung der Menschheit. Er wollte so gerne fahren, aber seine damalige Lebenslage erlaubte ihm es nicht. Ehrlich gesagt, dafür war die damalige Technik nicht sonderlich fortgeschritten. Ein Automobil kostete ein Vermögen. Er ging zum ersten Autohändler und ließ sich die unbekannte Technik erklären.

„Sie werden es nicht bereuen", beendete der Bestseller unter den Verkäufern gekonnt. Keine Frage, der schwarze Jeep entsprach genau Madas Vorstellungen. Die Branche wusste bereits, dass psychologische Verkaufsmethoden die besten Waffen im Umgang mit Kunden waren. Die Fähigkeit, anhand des Aussehens, der Kleidung und des Benehmens, die möglichen Vorlieben eines Menschen zu erkennen, versprach den erwarteten Verkaufserfolg.

„Was kostet mich der Spaß?", fragte Mada unbeeindruckt.

„Mit allem drum und dran … Dreißig"

„Dreißig?"

„Ja", antwortete Verkäufer selbstsicher: „Kommen wir ins Geschäft?", unterbrach er Madas Träume von der Freiheit der Straße.

„Was brauchen Sie von mir?"

„Na ja, wenn's schnell gehen soll das Übliche: Geld und Führerschein."

„Führerschein?", fragte Mada überrascht.

„Ihre Fahrerlaubnis."

„Ich bin im Krieg LKW gefahren. Reicht das?"

„In welchem Krieg? Irak?"

Mada antwortete nicht. Nach einer kurzen Pause sprach der Verkäufer weiter: „Es tut mir Leid für Sie, aber ohne einen gültigen Führerschein darf ich Ihnen kein Auto verkaufen. Schönen Tag noch." Zeit kostet Geld und ein fruchtlose Gespräch mit einem Kunden, musste schnell und freundlich beendet werden. Enttäuscht verließ Mada das Geschäft.

Er lief die Straßen hinunter und erinnerte sich an die leeren Häuser, lautlosen Menschen und weinenden, elternlosen Kinder. Das Elend und vor allem seine damalige Hilflosigkeit kamen schlagartig wieder hoch. Die Ereignisse der letzten Mission und ihr Scheitern waren sehr stark in ihm verankert. Auch die vergangenen Jahre konnten dies nicht ändern. In seinem Stammcafé setzte er sich an einen Tisch und bestellte eine heiße Schokolade mit Sahne. Der Saft von Kakaobohnen und die hinterhältige Leichtigkeit der aufgeschlagenen Sahne erinnerten ihn an seiner Mutter. Die Gedanken an ihre innere Schönheit wurden durch einen Mann unterbrochen. Dieser fragte, ob der Platz neben ihm frei wäre. Mada sah sich um und stellte fest, dass es überall freie Tische gab, dennoch hatte Henrick neben ihm Platz nehmen wollen.

Das war immer so: Mada musste nicht wissen, was er zu tun hatte, alles nahm seinen Lauf und ihm war die Rolle des Vermittlers sicher. Dennoch konnte er genau spüren, wann oder durch wen die Aufgabe begonnen hatte.

Henrick entpuppte sich als ein sehr verschlossener Mann und Mada hatte Schwierigkeiten, ihn in ein Gespräch zu locken. Er fragte ihn, ob er aus Paris stamme und einen Tipp für ein gutes Restaurant in der Nähe hätte, um sich nicht über das Wetter unterhalten zu müssen. Henrick schaute ihn verdutzt an und wollte wissen, warum er nicht zur Touristen-Information gehe. Viele hätten solche Grobheit als Angriff verstanden - zumal Henrick sich an Madas Tisch setzte und nicht umgekehrt -, aber es spornte ihn nur an. Einen Menschen zu ergründen war sein Hobby; einen Menschen zum Unmöglichen und zum Unerwarteten zu bringen seine Berufung.

„Ich frage in der Regel Einheimliche, wenn ich was Besonderes suche. Ich frage nach Ihrer persönlichen Meinung“, versuchte Mada versöhnlich. Er wollte Henrick das Gefühl geben, dass seine Meinung viel wichtiger wäre als ein Tipp des Info-Mitarbeiters. Bingo! Er bemerkte tatsächlich, dass Henrick sich geschmeichelt fühlte und als er lächelnd sowie mit einer gewissen Reue vorschlug: „Sie können mit mir zusammen essen. Ich habe gleich nach meinem Kaffee einen Mittagstisch bei einer angesagten Adresse reserviert. Also, was meinen Sie? Wollen Sie mir Gesellschaft leisten?“, nickte Mada und lächelte zurück.

- Jeder darf sich fragen, wie ein, zwar in sauberen Klamotten gekleideter, aber dennoch, im Gesicht verdreckter Mann überhaupt ernst genommen wurde. Na ja, Menschen sahen ihn so, wie sie ihn sehen wollten. –

Beim Rausgehen stellte sich Mada ihn vor: „Ich heiße Mada Igerib“. Henricks Augenbrauen gingen vor Verblüffung hoch. Er hatte noch nie jemanden mit ein solchem Namen kennengelernt. Er wusste nicht so ganz, ob vor ihm eine Frau oder ein Mann stand. Er fragte sich, warum Madas Aussehen männlich war, aber seine Ausstrahlung anziehend weiblich. Das heißt nicht, dass er sich angezogen fühlte, sondern, dass Mada ihm ziemlich interessant vorkam und er unbedingt mehr erfahren wollte. Außerdem hoffte er, die Antwort auf die Frage zu finden: warum er sich an diesen Tisch setzte und einfach mit einem Fremden sprach. Alles schien wie in einem Traum, an welchem er gezwungen wurde, Teil zu nehmen.

„Ich heiße Henrick Pasteur. Es freut mich sehr, Sie kennen zu lernen", sagte er leise.

„Ganz meinerseits", antwortete Mada erleichtert und freundlich.

Mada liebte Paris. Die Mentalität der Franzosen, der Genuss des Lebens sowie die allgemeine Gelassenheit, bezauberten seine Seele. Wenn er wählen könnte, würde er als Franzose sein Leben bestreiten wollen. Deshalb war er froh, erneut hier sein zu dürfen. Was früher geschah, konnte er sowieso nicht mehr ändern.

Henrick sprach nicht viel, als sie im Auto fuhren. Der Tag war sehr schön und Mada beobachtete die bekannte Umgebung. Unerwartet, nach einer 20-minütigen wortlosen Pause, begann Henrick zu reden: „Ich will Chauffeur werden. Mein Kumpel, den wir gleich treffen werden, ist ein begnadeter Fahrer."

„OK", war das Einzige, was Mada sagen konnte.

„Es ist echt merkwürdig, dass ich das Gefühl nicht loswerde, Dich schon mal getroffen zu haben. Warst Du schon früher mal in Paris?", fragte Henrick.

„Freilich", antwortete Mada selbstsicher.

„Und was heißt das?"

„Ich war bereits hier, als Du noch nicht geplant warst. Ich war in Paris, als Deine Eltern von einander nichts wussten und vielleicht auch schon damals, als Paris noch eine römische Provinz war ...“, Mada bemerkte, dass Henricks Gesicht immer blasser wurde und unterbrach: „Hahaha …“, ein dämliches Lachen erschien ihm am besten. Dann fügte er hinzu: „Ich bin nur ein Reisender.“

„Das wäre auch unmöglich, wenn Du das tatsächlich erleben konntest. Dann wärest Du ein Unsterblicher und das könnte ja an Blasphemie grenzen“, sagte Henrick mit einem abwerteten Unterton.

Mada erinnerte sich an die lehrenden Wörter seiner Mutter. Sie war diejenige, die ihm gesagt hatte, dass er: „... immer ein normales Leben führen soll und einen möglichen Reichtum ganz genau betrachten und analysieren soll, bevor er Sklave dessen wird, was ihn von einem normalen Leben abbringen könnte …“

Höchstwahrscheinlich hatte sie Recht. Die menschliche Moral entwickelte sich aber weiter, wie auch der Mensch selbst. Reichtum konnte plötzlich jeder erlangen und viele mussten dafür nicht mal ein Verbrechen begangen haben. Sklaven wurden diejenigen, die es vererbt hatten oder es teilweise selber sein wollten.

Er blickte sehr oft zurück und überlegte, ob er in seinem früheren Leben irgendetwas hätte besser oder anders machen können. Vielleicht wäre es besser, niemanden retten zu wollen, zu müssen oder zu können. Anderseits war ihm klar, dass nur seine Fähigkeiten und Kenntnisse ausschlaggebend waren. Er konnte nicht wählen, er fühlte sich mehr wie ein Auserwählter.

Kapitel 5:
»Die Erinnerungen können Fehler verhindern«
Der royale Fall

Der Restaurantbesuch und die nette Atmosphäre beim Essen mit Mada waren für Henrick sehr angenehm, aber er war nur darauf konzentriert heraus zu finden, was der Fremde von ihm will.

„Mada. Was machst du in Paris?", fragte er gleich, nachdem sie das Essen bestellt hatten.

„Das ist gute Frage." Mada machte eine kurze Pause und fuhr fort, als der Kellner die Amuse Gueule auf ihren Tisch stellte und sich entfernte. „Ich bin hier, um etwas zu verändern, glaube ich", begann Mada.

„Kann ich dir dabei helfen?", unterbrach Henrick und war überrascht, dass er das gefragt hatte. Seine Wörter waren nicht seine. Er konnte nicht verstehen, wer ihn zu solchen Behauptungen zwang.

„Du musst mir helfen", versicherte Mada mit einer weich und hilflos klingenden Stimme.

Henrick fühlte sich erwischt. Jemandem zu helfen, war das Einzige, was er noch nie wollte. Jetzt hatte ihn ein mächtig wirkender Mann um Hilfe gebeten, also sprachen seine Lippen seine Gedanken laut aus: „Ich stehe zu deinen Diensten."

Mada lachte scheinbar verlegen. In Wirklichkeit dachte er darüber nach, wer diesen Mann steuerte. Ihm war aufgefallen, dass Henricks Gestik und Mimik nicht mit seinen Wörtern im Einklang waren. Wie eine schlecht animierte Marionette bewegten sich zwanghaft seine Lippen, um zu sprechen. Mada war sich nicht mehr sicher, ob er den Richtigen gefunden hatte. Hastig und abwesend aß er die Speisen und bedankte sich für die Ehre, sobald er fertig war.

Henrick blieb am Tisch sitzen und fragte sich, warum er einem Fremden Hilfe versprochen hatte. Vor allem wollte er wissen, warum sein Kumpel das Treffen versäumte und er allein mit diesem Fremden zu tun hatte. Zum Glück ging Mada kurz nach dem Essen weg und Henrick brauchte keine Konversation anzufangen, weil Mada daran offensichtlich kein Interesse mehr hatte.

Nach wenigen Minuten entschloss er sich ebenfalls zu gehen. Er wollte nachschauen, ob sein Kumpel im unvermieteten Haus gut zu Recht käme - Bastian stand am Vorabend vor ihm und suchte nach einer Bleibe. Henrick hatte das Grundstück an Rue de Honore von seiner Oma geerbt, aber sein Geld reichte nicht, um das Anwesen zu renovieren oder um einen Makler zu bezahlen. Ihm reichte sein kleines Souterrain, auch wenn er früher viel besser aufgestellt war.

Noch vor über zwei Dekaden hatte Henrick sein Leben im Griff. Er war bereits mit zwanzig Jahren zweifacher Vater, verheiratet und in der Firma seines Schwiegervaters als Sicherheitsbeauftragter tätig. Alles schien nach Plan zu laufen, bis er es mit Zocken versuchte.

Es war schwer, an eigenes Geld zu kommen, weil das Einkommen durch die Familie seiner Frau gesichert war. Also spielte er, um sich nicht für persönliche Ausgaben rechtfertigen zu müssen. Am Anfang fand er noch sogenannte Freunde, die gemeinsam mit ihm Geld ausgaben. Mal gewann er, mal war er pleite und versuchte die Verluste irgendwie zu vertuschen. Bastian war Kassierer und half ihm seine Sucht zu finanzieren. Als er später aufflog und den Job verlor, wollte Henrick sich revanchieren und zeigte ihm Tricks, welche er beim Spielen anwendet. Sie befreundeten sich.

Seine Frau Sibylle saugte lieber jeden noch so kleinsten Trend auf, als sich für ihren Mann zu interessieren. Manchmal kam er nach Hause und sie saß mit ihren Möchtegern-Freundinnen bei der häuslichen Markenberatung. Das ganze Haus war mit fremden Frauen überfüllt. Sie tuschelten, sobald er die Haustüre öffnete. Sibylle verbarg nicht mal, dass sie ihn verachtete und teilte ständig so was mit wie: »Dein bescheuerte Kumpel hat angerufen« oder »Du hast dein Frühstück in der Küche faulen lassen« oder sie lachte mit, wenn einer von ihren noch so besten Freundinnen zur Begrüßung sagte: »Ach, wenn haben wir da!? Den schwer arbeitenden Mann!« Er fühlte sich oft allein gelassen. Das Kasino wurde langsam zu seinem zweiten Zuhause und die geldgierigen Menschen zu seinen Freunden.

Sibylles Vater hasste ihn und das verunsicherte ihn zusätzlich. Er verstand schnell, dass, egal wie sehr er sich anstrengen würde, seine Frau glücklich zu machen, ihre Familie und vor allem ihr Vater ihn niemals akzeptieren würden. Als Sybilles Gefühle mit einem Schleier der Vergangenheit überzogen wurden und er in ihr keinen Halt mehr finden konnte, blieb ihm nichts anderes übrig, als sein Glück woanders zu suchen. Kurz nach der Silberhochzeit lernte er Pamela Thomson kennen.

Sie stellte sich als Hostess vor, als er mal wieder eine Glückssträhne hatte und in seinem Stamm-Casino zwischen Glück und Niederlage jonglierte. Er fand sie am Anfang zu aufdringlich, aber nach kurzer Zeit meinte er bemerkt zu haben, dass sie ihm doch mehr Glück brachte.

Pamela war Mitte vierzig. Ihre sportliche Figur, ein sinnlicher Stil und die positive Ausstrahlung machten sie um ein paar Jahre jünger. Ihre Beziehung war rein körperlich. Sie verlangte nie nach der Scheidung und er fragte nie nach den anderen Männern.

Sybille verachtete ihren Mann. Gleichzeitig war sie klug genug, schon nach einer Woche zu bemerken, dass er sie betrug.

An dem Morgen, als er sich zu Mada an den Tisch setzte, wurde er zu seinem Chef - Sybilles Vater - berufen und mit einem Satz entlassen: „Nach fünfundzwanzig beschissenen Jahren bin ich froh, Dir mitzuteilen, dass Du Dich verpissen sollst und bei Deiner neuen Flamme einziehen kannst."

Henrick hörte aufmerksam zu, dann ging er wortlos in sein Büro und räumte die wenigen persönlichen Gegenstände in einen Karton, der zufällig auf dem Tisch bereit stand. Aber als er kurz davor war auch das Familienfoto einzupacken, kam ihm eine andere Idee in den Sinn. Er drehte sich um bevor er die Glastür hinter sich schloss und betrachtete sein vergangenes Gefängnis. Dann nahm er das Familienbild und mit großer Wucht warf er es durch die Türe. Das Glas zerbrach schmerzlich laut und alle erstarrten, außer Henrick, der sagte: „Das werde ich doch nicht brauchen."

Aus der ersten Telefonzelle rief er Pamela an, um ihr von dem unerwarteten Glück zu berichten.

Sie nahm ab und sagte: „Pamela."

„Hallo Maus!", freute er sich.

„Henrick? Bist du das?"

Die Überraschung war gelungen.

„Ja", antwortete Henrick erwartungsvoll.

„Ich habe dich morgen erwartet."

„Ja, ich weiß. Wenn du willst, kannst du mich ab jetzt jeden Tag erwarten", sagte er überglücklich.

„Das verstehe ich nicht." Sie machte eine viel zu große Pause, dann fragte sie besorgt: „Hast du deine Frau verlassen? Oder was willst du mir damit sagen?"

„Ich gehöre nur noch dir, Maus!"

„Hör auf mit deiner Maus! Ich wollte nie, dass du mir gehörst. Ich bin mit meinem Leben so zufrieden."

„Ich hab sie verlassen … für dich … das war nicht gut, oder?", fragte er nicht mehr so glücklich wie zuvor.

„Nein, das war bestimmt nur gut für dich, weil du nicht glücklich warst. Aber ich habe damit nichts zu tun!"

„Mein Geld wolltest du aber. Willst du sagen, dass ich dir nicht gut genug bin?"

„Jetzt reicht's! Unser Verhältnis ist gar keine Beziehung und wird auch nie eine sein! Das ist dir hoffentlich klar", stellte sie verärgert fest.

„Was sagst du da?", fragte er überrascht und offensichtlich zu aufdringlich.

„Das, was ich meine. Klar!?", gab sie zurück.

Eine kurze Pause entstand.

„Du störst mich bei der Arbeit. Mach‹s gut Henrick."

„Wer ist er?!", schrie Henrick wütend.

Aber ein Piep-Ton verriet, dass Pamela bereits aufgelegt hatte.

Gleich nach dem Essen mit Henrick, versuchte Mada seine Tasche los zu werden. Der Inhalt dieser war auf dem ersten Blick keineswegs gefährlich oder geheimnisvoll. Das Gerät, das ihm den Kontakt mit den anderen Dimensionen ermöglichte, konnte verschiedene Formen annehmen. In der jetzigen Situation war es ein Smartphone. Beim letzten Mal, als er in die Geschehnisse der dimensional aufgeteilten Galaxie angreifen musste, hatte er eine moderne Schusswaffe zur Verfügung gehabt. Es musste immer ein einzigartiger Gegenstand sein, der noch nicht erfunden worden war.

Er nahm ein Taxi, fuhr zur Place Vandomé, um von dort aus zur Rue Saint-Honorè zu gelangen. Er wollte eine gute Bekannte besuchen, weil er sich von ihr die Deutung der Aufgabe erhoffte.

Das alte, im Barockstil gebaute Gebäude, in dem sie wohnte, war fünf Stockwerke hoch. Die prunkvolle Fassade mit ihren zahlreichen, großen Fenstern war beeindruckend und immer wieder faszinierend. Diese, einerseits pompöse anderseits Detail verliebte, Bauweise erhitzte Madas Gemüt. Er atmete tief durch, bevor er die schwere Eingangstüre öffnete. Ein beißender Geruch der Verwesung stieg in seine Nasenhöhlen und zwang ihn zum Husten. Das Haus schien verlassen. Die morsche Holztreppe quietschte unter seinem rechten Fuß, als er die erste Stufe nahm, um den obersten Stock zu besichtigen.

Plötzlich spürte er eine Hand auf seiner Schulter, drehte sich erschrocken um und war verblüfft, Henrick vor sich stehen zu sehen. Bevor er etwas sagen konnte, hörte er schon die klärenden Wörter seiner neuen Bekanntschaft: „Ich habe dich auf dem Place Vendome gesehen und bin dir gefolgt. Was machst du denn hier?“

„Warum willst du das wissen?“, fragte Mada verdutzt.

„Na ja, hier wohnte ich mal. Das liegt zwar viele Jahre zurück, aber trotzdem merkwürdig. Da kommst du nach Paris, lernst mich kennen und dann kommst du hierher. Warum will ich es wissen? Vielleicht weil hier niemand mehr wohnt und ich der rechtmäßige Besitzer bin.“

„Ist das dein Haus? Schon immer?“

„Von meiner Familie. Ja klar.“

„Und warum …?“

„… ich hier nicht wohne?“, beendete Henrick die Frage.

Er überlegte kurz und sagte dann: „Es war vor fünf Jahren. Die Treppen im dritten Stock stürzten ab und meine Schwester Sara kam ums Leben“, er schüttelte den Kopf, als ob er das alles nicht wahr haben wolle. Mit traurigem Blick fragte er: „Hast du eine Familie?“

Mada antwortete nicht, drehte sich, wie ein Geist, um 90 Grad nach hinten und fragte laut: „Wer bist du?“

»Wer ich bin?«- allmählich glaubte Henrick einen Verrückten vor sich stehen zu haben.

„Sara.“ Eine weibliche Stimme ertönte in der Dunkelheit des Hauses vor ihnen.

Henricks Gesicht erstarrte. Fassungslos stand er mit offenem Mund da. Wie aus einem Nebel kam eine Frau auf die beiden zu und blieb in sicherer Entfernung stehen. Sie sah sehr alt und verbraucht aus, wobei ihre Motorik ziemlich agil war. Eine kurze Zeit später ging sie wortlos an Mada vorbei, bewegte sich in Henricks Richtung und einen halben Meter vor ihm legte sie ihre Hände vertikal zusammen. Dann verschmolzen ihre Finger zu einem scharfen Messer, mit welchem sie ihren ganzen Körper unter seine Haut bohrte. Ein weißer Schatten verließ Henricks Körper und löste sich in Luft auf.

„Was zum Teufel!?“, entfuhr es Mada. Bis dahin stand er wie versteinert da. Hätte er aber früher angegriffen und diese grausame Tat an Henrick verhindert, hätte er vielleicht von ihm erfahren können, dass diese Frau zwar wie Sara aussah, aber sich nicht wie seine Schwester benahm und viel zu alt war.

„Er hat damit am geringsten zu tun. Der Teufel.“ Sara sprach aus Henricks Körper mit seiner männlichen Stimme.

Mada entschloss sich, an ihr vorbei zu springen, um die Treppe hoch zu rennen. Doch sie stellte ihm ein Bein und er stürzte heftig auf die Stufen.

„Nicht so eilig. Wir haben noch was zu klären", sie kam nah an sein Gesicht und fragte: „Da oben ist niemand. Oder?"

Er verneinte. Sara bewegte ihren gestreckten Hals nach rechts und links, als ob sie sich in die neue Hülle einzupassen versuchte. Ihr Fuß presste Madas Körper auf den Boden mit den Kräften eines erwachsenen Mannes. Er wehrte sich nicht, weil ihn die Geschichte von Sara interessierte. Keiner hatte ihm gesagt, dass es andere Gestalten auf dieser Reise geben würde. Er glaubte, allein der Erbe zu sein. Es überraschte ihn, dass sie vergleichbare Kräfte besaß.

Sara oder wie auch immer diese Frau zu heißen mochte, kreuzte seinen Weg nicht zum ersten Mal. Er brauchte Zeit, um das zu begreifen. Damals war sie eine Zeugin. Er ebenfalls. Jetzt war sie auf der Suche nach ihrer verlorenen Tochter und er suchte Magdallena. Ihre Verstrickungen in die Geschehnisse, welche zu seinen Aufgaben gehörten, waren nicht zu übersehen.

„Warum brauchst du einen Wirt?", wollte Mada von ihr wissen.

Sie lächelte nur und schüttelte verneinend den Kopf. Madas scharfer Blick erkannte eine kleine Verhärtung auf ihrer Netzhaut.

Ein Chip? - fragte sich Mada.

Sara zeigte, dass er Recht hatte.

Kannst du meine Gedanken hören?

Wieder eine Kopfbewegung.

Ja?

Sie nahm die Treppe nach oben. Mada blieb liegen und hörte ihre Schritte bis die Geräusche auf einmal still wurden.

30. August 1997, 16:15 Uhr.

Mada hatte von Sara seit Tagen nichts mehr gehört. Er nutzte das verlassene Gebäude an der Rue de Honorè als Wohnung, suchte nach Nella und gleichzeitig nach Magdallena. Er fühlte sich verloren und wollte endlich wissen, warum er in diesem verdammten Flugzeug nach Paris aufgewacht war. Sein Spiegelbild war ihm gleich. Dass es kein fließendes Wasser gab, wusste er nicht.

Mada blätterte erneut alle Ereignisse der letzten Tage in seinem Kopf durch. Kein Detail sollte seiner Betrachtung entgehen. Nur Saras Erscheinen passte nicht. Sie war nicht Teil seiner Aufgabe. Egal welche Mächte sie besaß, warum sie nach ihrer Tochter in einer anderen Dimension suchte und wie sie ihren Wirt auszunutzen wusste, sie störte das Gleichgewicht.

20:50 Uhr. Rue de Honorè.

Es dämmerte langsam. Mada kam zum Entschluss, dass er Sara finden musste. Er verließ die Wohnung und als er die letzte Stufe der Treppe nahm, begann diese einzustürzen. Er konnte rechtzeitig die Eingangstüre aufreißen und auf die Straße springen, bevor ein grauer Staub hinter ihm aus dem Haus drängte. Ein paar Passanten schauten verwirrt, was aus diesen Wolken wohl raus kam. Als sie einen, in dieser Gegend eher nicht zu erwartenden, mit einer dicken Staubschicht übersäten Mann zu sehen bekamen, glaubten sie, Zeugen eines Verbrechens geworden zu sein. Mada hatte kaum Zeit gehabt, sich zu erholen, als ihm klar wurde, dass die auf ihn wütend wirkende Menschenmenge aus allen Ecken strömte und es scheinbar auf ihn abgesehen hatte.

„Spring rein!“

Mada hörte die bekannte Stimme und suchte in der Menge verzweifelt nach dieser.

„Spring endlich rein!“, ertönte es wieder.

„Wo? Wo?“, kam aus ihm sichtlich verzweifelt. Dann sah er sie endlich. Sara, beziehungsweise Henrick, saß in einem Fiat Uno und zeigte hektisch mit den Händen auf ihn.

Was zum Teufel macht sie denn hier? - fragte er sich. Noch länger wollte er dem Getöse nicht ausgeliefert bleiben und nach allem Anderen lieber später fragen. Also sprang er ins Auto. Mit quietschenden Reifen fuhren sie weg.

Sara hatte gar nicht vor, mit Mada zu reden. Sie stoppte ein paar Straßen weiter auf der Rue Royale.

„Steig aus!“, befahl sie bestimmend.

„Beruhige dich bitte“, versuchte Mada versöhnlich einzulenken.

Sara atmete tief durch. „Ich habe Sie gefunden“, sagte sie erst überglücklich, dann versank sie in ihren Gedanken.

„Nella?“, wunderte er sich.

Sara antwortete nicht. Sie schaute ihn kurz an und fragte:

„Warum nutzt du Deine Kräfte nicht?“

Mada musste ihr nichts erklären. Er wollte sein Dasein nicht riskieren. Diese Frau schien nicht zu wissen, dass ihr Vorhaben, ihre Seele und die ihrer Tochter, für immer in der Zwischenwelt verschollen lassen. Im besten Fall werden sie glücklicherweise schon davor sterben.

„Steig aus und nimm das.“ Sara schaute ihn nicht an und reichte ihm einen Brief. „Mach schon!“

Mada stieg aus.

Was hat sie vor?

Er drehte sich um und sagte, bevor er die Türe zuwarf: „Viel Glück.“

Sara grinste dankend und gab schließlich Gas.

War es falsch, diese Frau unterschätzt zu haben?

Mada war zu beschäftigt, um sich noch um sie kümmern zu müssen. Da er das Gefühl nicht los werden konnte, dass ihm die Zeit davon lief - alle anderen Anhaltspunkte in eine Sackgasse führten und Magdallena hier und jetzt nicht existierte - war Sara zur nächsten Möglichkeit seiner gesuchten Lösung aufgestiegen. Er faltete Saras Brief auf. Die Schrift war undeutlich, aber lesbar.

»Magdallena lebt.

Meine Nella habe ich schon vor langer Zeit verloren.

Ich weiß aber, dass die Person, die ich heute Abend erlösen werde als Nella in meiner Welt existieren könnte.

Wenn Du Magdallena sehen willst, musst Du das Tor der Dimensionen öffnen.

Wir treffen uns um 22:00 Uhr auf der Rue Ravioli. Ich muss Dich nicht daran erinnern, dass Deine Kräfte nicht auf mich wirken.

Bis später,

Sara«.

Mada las den Brief erneut durch. Er wollte Sara nicht glauben.

Woher soll sie wissen, wo Magdallena sein sollte?

Der Verfasserin blieb nicht viel Zeit übrig. Der Brief entstand spontan, was die chaotische und kaum lesbare Schreibweise erklären könnte.

Das Papier, auf dem die Zeilen geschrieben sind, weißt viele Fettflecken auf, als ob es vorher als Brotpapier gedient hätte oder aus einem Eimer rausgefischt worden wäre.

Was sagt mir das?

Dieser Brief ist nicht geplant gewesen.

Sara konnte nicht viel verraten, weil sie keine Zeit mehr hatte oder, weil sie nichts wusste.

Das Tor.

Woher weiß sie davon?

Ahnt sie, dass ich der Schlüssel bin?

»... in meiner Welt existieren... » - was meint sie damit?

Wie will sie eine eigene Welt erschaffen haben?

Ich habe ihr den Durchgang nicht gewährt, also wer konnte es noch außer mir?

Sie besitzt die vergleichbare, dennoch viel zerstörerische Kraft.

Warum muss ich das Tor öffnen, um Magdallena zu finden?

Sie konnte doch nicht woanders existieren!

OK. Eins ist klar: Sara hatte keine Ahnung wo sie war und warum. Genauso wie ich mich damals gefühlt habe, als mir die Aufgabe übergeben wurde. Sie wusste von den Dimensionen, also konnte sie, wie ich, die Ebenen wechseln.

Rue Ravioli.

Nicht weit weg von meiner Wohnung entfernt.

Warum hat sie mich nicht besucht?

Sie weiß, wo ich wohne, also was sprach dagegen?

War es ihr verhindert worden?

Musste sie sich kurz fassen, weil sie sich bedroht fühlte?

Folgte ihr jemand?

Ich muss die Verbindung finden. Sie musste einen Gegenstand besitzen, mit dem sie den Kontakt halten konnte. Etwas Neues, dennoch Gewöhnliches, wie mein Smartphone.

Der Chip! Ja, der konnte es sein.

Wäre es möglich, dass sie doch nicht allein ist?

Kann ich ihr oder ihnen schaden?

21:56 Uhr. Rue Ravioli.

Mada spürte gewisse Entspannung.

»Wer zu Allem bereit ist, kann nicht enttäuscht werden« - war sein Motto.

Er wählte eine nah am Straßenrand stehende Bank, setzte sich und wartete. Die Nacht war angenehm warm. Ein Mercedes S280 hielt vor ihm. Die Türe des Beifahrers öffnete sich wie von selbst. Hinter dem Lenkrad saß ein athletischer Mann in einem schwarzen Anzug und sah Mada direkt an.

„Mada Igerib?", fragte der Fahrer.

„Ja", sagte Mada und stand auf, um zuzusteigen, aber der Mann stoppte ihn mit der unerwarteten Frage:

„Hast du den Schlüssel?"

Den Schlüssel? Mada wusste jetzt, dass Sara tatsächlich keine Ahnung hatte. Er entschied sich, ihr Spiel mitzuspielen, zeigte dem Mann irgendeinen Schlüssel aus seiner Hosentasche und durfte einsteigen. Ein Gespräch mit dem unbekannten Fahrer anzufangen war unmöglich, weil sie bereits nach wenigen Minuten vor dem Hotel Ritz hielten und Sara dazu gestiegen war. Der Fahrer fuhr das Auto bis zum Personaleingang weiter, hielt wieder an, drehte sich zu Sara um und sagte: „Es geht gleich los. Ich sage ihnen Bescheid."

Dann stieg er aus.

Mada saß vorne auf dem Sitz des Beifahrers und überlegte, ob er Sara warnen sollte. Sie fing aber an zu erzählen, also drehte er sich zu ihr nach hinten: „Meine Geschichte kennst du bereits, also muss ich dir nichts vormachen.“ Sie machte eine Pause, hob ihre rechte Hand zu ihrem rechten Auge, dann weitete sie es mit Zeigefinger und Daumen und holte mit der linken Hand einen Chip heraus. Das winzige Teil sah aus, wie eine Kontaktlinse, nur, dass man hier eine Reihe kleiner Verdrahtungen erkennen konnte. Sie steckte sie in eine, mit einer klaren Flüssigkeit gefüllten, Plastikdose und gab es Mada mit den Worten: „Steck« das ins Handschuhfach. Ich brauche es später.“

Er öffnete das Fach und tat so, als ob er ihrer Bitte folgte, versteckte die Dose aber in seiner rechten Manteltasche. Sara erzählte erst weiter, nachdem sie hörte, dass Mada das Fach schloss:

„Kannst du dir eine Welt vorstellen, wo nur wenige auserwählte Menschen die Macht besitzen, das Leben vom Rest der Bevölkerung zu bestimmen?“

Mada holte Luft, um zu antworten, aber Sara fragte direkt weiter. „Kannst du dir eine Welt vorstellen, wo nur auserwählte Kinder geboren werden? Eine Welt, wo du deinen Tod beantragen musst? Dort gibt es keine leistungsunfähigen Menschen“. Sie wollte keine Fragen stellen, sondern ihre Geschichte erzählen, also schwieg er. „Aus dieser Welt komme ich.“

Sara machte eine Pause, schaute auf den Boden und sagte mit einer zerbrechlichen Stimme: „Und du auch.“

Mada war sofort interessiert, schaute sie direkt an und fragte: „Wie kommst du drauf?“ Er war genervt von ihrem starren Blick in den Boden und schrie: „Schau mich an! Schau mich endlich an!“

Sara hob ihren Kopf. Ihre Augen waren glasig vor Tränen, aber sie konnte nicht aufhören, weiter zu erzählen: „Du machst nichts anderes, als die Ausreißer zurück zu holen. Das ist deine Mission. deine Aufgabe."

„Ach ja."

„Du und ich nutzen verstorbene Menschen, um weiterleben zu können."

„Hör auf!", unterbrach er wütend.

„Tut mir Leid", sagte Sara verständnisvoll.

Mada drehte sich nach vorn und schaute auf die vorbeigehenden Passanten während sie weiter sprach. „In dieser Welt brauchen wir besondere Menschen. Ich habe mein Privileg - ein Kind zu gebären - gegen diese Reise eingetauscht. Das machen viele. Du reist seit vielen Jahren, ohne es zu wissen. Deine Familie wartet auf Dich."

Sein Magen zog sich zusammen, er riss die Türe auf und erbrach sich auf dem Bürgersteig. Der Fahrer war sofort zur Stelle, half ihm auszusteigen und fragte: „Sind Sie in Ordnung?"

Mada nickte. Ihm fehlte nichts. Warum auch?

Sara stieg aus, ging ums Auto herum und setzte sich vorne auf den Fahrersitz. Mada wusch sein Gesicht mit einem Taschentuch sauber und sah mürrisch dieser erbärmlichen Gestalt im Auto zu. Henrick tat ihm allmählich Leid, weil ihn Sara vollkommen besaß. Der Fahrer setzte sich auf den Beifahrersitz und wartete, weil Sara noch das letzte Wort haben musste.

„Du kannst mich nicht stoppen", stellte sie selbstsicher fest.

„Das habe ich auch gar nicht vor", entgegnete Mada zynisch.

Sie nickte dem Fahrer zu, er schloss die Türe, wie ein Roboter - gefühllos und regungslos -, dann fuhren sie weg.

23:40 Uhr. Place Vendome.

Mada ging spazieren, genoss die spätsommerliche Nacht und die warme Briese in seinem Gesicht. Ein innerlicher Monolog war genau richtig, um auf klare Gedanken zu kommen.

Die ganze Zeit fragte er sich, warum ihm kein Chip eingepflanzt wurde und er eher Befehle empfing? Die Menschen selbst wollten durch ihn die Erlösung erfahren und dafür musste er nie jemanden umbringen.

»... die Person, die ich heute erlösen werde...« - erinnerte sich Mada an die Worte in Saras Brief.

Er steckte seine Hand in die rechte Manteltasche und holte den Chip heraus. Das Teil war so winzig und sah aus, wie nicht von dieser Welt. Mada selbst schien auch irgendwie besonders zu sein, also warum nicht etwas wagen. Er platzierte das unbekannte Ding in seinem Auge.

„Schrei mich nicht an!“, kam aus seinem Mund.

Mada befand sich auf einmal neben Henrick und hörte sich schreien. Henrick fuhr den Mercedes S280 und auf dem Rücksitz saß ein Pärchen. Eine Blondine, mit kurzem Haarschnitt und einem hellen, knielangen Kleid, Mitte Dreißig und ein Mann, der ein paar Jahre älter war, aber viel junger wirkte. Sein Haar war voll, rabenschwarz und kurz geschnitten. Er trug ein helles, leinenweiches Hemd und dunkle, knöchellange Hosen. Sie waren sichtlich erschrocken, aber Mada hatte das Gefühl, dass er zwar jetzt in dieser Situation war, aber in Wirklichkeit sich weiterhin auf der Place Vendome befand. Durch den Chip wurde er zum Zuschauer.

Plötzlich wurde klar, weswegen alle so aufgebracht waren.

Ein Auto rammte sie.

„Verdammt! Was soll ich machen?“, fragte Henrick.

Mada bemerkte, dass Sara nicht mehr in ihm war. Er wusste wirklich nicht, was mit ihm geschah.

„Versuch Gas zu geben. Vielleicht können wir sie abhängen“, sagte die blonde Frau zu ihm.

„Die Paparazzi? Das ist wahnwitzig. Sie werden dranbleiben“, stellte der ältere Mann aufgebracht fest.

Die Frau umarmte ihn fester und schaute bittend in seine Augen.

„Gib Gas“, befahl er Henrick letztendlich.

Henrick zitterte am ganzen Körper. Sein Hemd war durchnässt. Seine Bewegungen kraftlos, so, als ob er vor wenigen Minuten aufgewacht, zum Fahren unerwartet gezwungen worden wäre und ein wenig Zeit brauchte, um seine Sinne zu beherrschen. Er fuhr sehr unruhig und wechselte ständig die Geschwindigkeit, von schnell zu noch schneller bis zu todesmutig.

Wieder ein Stoß von hinten. Ein Fiat UNO machte sich bemerkbar und streifte sie offensichtlich gezielt von der linken Seite. Als das Auto vor ihnen nach rechts bog und so den Weg kreuzte, erkannte Mada Saras Gesicht darin. Henrick bremste kurz, wischte nach links aus, um einer Kollision zu entgehen, dann erhöhte er plötzlich die Geschwindigkeit und erreichte als Erster die Einfahrt in den Alma Tunnel. Erneut holte sie der Fiat UNO ein und war dicht hinter ihnen. Sara bog nach links, um sich wieder in eine bessere Position zu bringen. Wie aus dem Nichts platzte auf einmal der hintere Reifen von Henricks Auto und mit heftiger Wucht schoss der hintere Teil des Wagens nach links gegen einen Pfeiler. Dabei streifte er nur leicht Saras Auto, da sie noch rechtzeitig bremsen konnte. Große Kräfte wirkten, als danach der Mercedes S280 mit quietschenden Reifen um seine eigene Achse schleuderte und in den nächsten Pfeiler einschlug.

Der Beifahrer, durch den Mada die Ereignisse verfolgen konnte, lebte noch. Als er wieder zu sich kam, schaute er sich nervös um. Der ältere Mann hinten und Henrick waren sofort tot. Die blonde Frau starrte ihn an und rang nach Luft. Ihr Kleid war mit Blut überströmt. Ihre Stimme schwach und zerbrechlich. Als sie Mada anschaute und zu sprechen versuchte:

„Das. Hat. Sie. So. Gewollt“, kam Blut aus ihrem Mundwinkel.

Sie leckte es ab und vielleicht in diesem Augenblick wurde ihr klar, dass ihre Zeit gekommen war.

Mada sah, dass Sara ihren Fiat verließ und schnell in seine Richtung steuerte.

„Was ist?“, fragte unruhig die Blondine. Sie versuchte sich zu bewegen, konnte es aber nicht.

Sara riss die vordere Türe auf, öffnete das Handschuhfach und suchte hektisch nach ihrer Dose.

Ein lautstarkes Grollen brach aus ihr heraus.

„Verdammter Mada!“, schrie sie.

Mada versuchte seinen menschlichen Projektor tot zu stellen. Die Verletzte hinten keuchte nur noch so vor Schmerzen. Sara öffnete die Hintertüre und setzte sich zu ihr. Dann bohrte sie sich in ihre fast leblose Wirtin und spürte das neue, unbekannte Leben in ihrer Blutbahn. Die Verbindung der gegensätzlichen Blutkörperchen explodierte in ihr. Genauso wie sie sich es vorgestellt hatte. Nach etwa einer Minute verließ sie den Körper wieder und zog ihre alte Hülle an. Die arme Frau war danach nur noch ein Schatten ihr selbst, keuchte aber noch.

Ein übertrieben lautes Lachen ertönte. Sara beugte sich zum Beifahrer, schaute in seine Augen und sagte: „Hallo Mada. Ich würde sagen, bis gleich:“ Dann verschwand sie.

0:35 Uhr.

Die ersten Blitzlichter der Paparazzi erreichten die Unfallstelle. Die wilde Licht-Choreografie vermittelte gekonnt ihre geldgierige Sehnsucht nach dem »best shot«. Es dauerte eine gefühlte Ewigkeit, bis die ersten Sirenen hörbar näher kamen. Mada war sowieso nicht in der Lage, die Verletzte retten zu können. Sie würde bald für diese Welt ihre Dienste bereits getan haben.

Er holte den Chip heraus, der ihn zurück auf die Place Vendome beamte, steckte ihn in die Dose und wollte gehen, als er hinter sich Sara hörte. „Jetzt bist du dran."

Mada drehte sich zu ihr hin. Sie steckte ihre Hand raus und sagte mit einem Befehlston: „Mein Chip."

Er gab ihr das Teil zurück. Warum sollte er weiterhin ihre kranke Seele durchdringen wollen? Nein. Das war vorerst nicht mehr nötig. Mada wusste jetzt, dass Sara bereits verschollen war, dennoch ähnlich wie er, ein neues Leben bekam. Ob er das Tor öffnet oder nicht, die Geschichte an sich konnte durch sie nicht mehr verändert werden. Diese musste geschehen.

Kapitel 6:
»Der Ursprung hemmt den Vorsprung«
Der wiederkehrende Tod

Es war kurz vor Mitternacht, Mondlicht überflutete alles mit weißen Konturen und Dunkelheit überwog die Landschaft. Mada saß vor einer verbrannten Hütte, die hinter einer Birken-Baumreihe auf einem Hügel stand. Die immer noch heiße Glut des Feuers beleuchtete die nahe Umgebung. Sein Gesicht war schwarz vom Ruß, sodass kaum Hautstellen zu sehen waren. Die zerfetzte Kleidung bedeckte nur teilweise seinen Körper und ließ ihn wie einen Bettler aussehen. Er hatte keine Kraft mehr, um seinen Kopf gerade zu halten, also stürzte er sich auf den einzigen Gegenstand, den er anscheinend retten konnte: einen verkohlten Stuhl. Mit starrem Blick versuchte er zu verstehen, warum er noch am Leben war und seine Familie in den Trümmern zu Tode kam. Plötzlich sprach ihn ein Fremder an: „Wollen sie mir folgen?"

Mada hob schwerfällig seinen Kopf und sah hinter sich einen gut aussehenden Mann stehen: im schwarzen Mantel gekleidet, mittleren Alters und mit langen braunen Haaren. Was für ein unglaubliches Stoff! So viele Dukaten wert. Das war sein erster Gedanke, als er den Mantel betrachtete. In diesem Augenblick aber wollte er lieber allein sein, statt genervt zu werden. Er schaute weg mit der Hoffnung, dass der Störer sich entfernen würde, wie er gekommen war. Dieser begann jedoch mit einer beruhigenden Stimme weiter zu sprechen: „Ich kann deine Zukunft bestimmen." Er klang sehr selbstsicher und versuchte versöhnlich seine Hand auf Madas Schulter zu legen.

Frechheit! Ich sitze auf dem Boden vor meiner verlorenen Familie. Mein Hab und Gut in Trümmern. Und dieser Fremde versucht mich klein zu halten. Er weißt nicht, zu was ich im Stande bin. Mada entwischte seiner Berührung und fiel auf die Seite. Als er sich danach aufrichtete, seinen, mit Asche überdeckten, Stuhl nahm und gehen wollte, fasste ihn der Fremde doch an. Er spürte erstaunlicherweise so etwas wie Erleuchtung, was ihn zum Bleiben gezwungen hatte. Ein glühendes Licht überquerte spürbar seinen Körper und er erahnte alle Gedanken des Mannes.

„Wer sind sie?", fragte Mada, wobei er die Antwort sehen, aber nicht hören konnte. Sein ganzer Körper zitterte. Die Angst, aber auch eine gewisse Vorfreude, kreuzten seine Gedanken.

„Das ist jetzt nicht das Endscheidende. Wichtig ist, dass du mir folgst", antwortete der Mann freundlich.

Klasse! - stellte Mada für sich fest. Diese Gestalt schien ein herzloser Bursche zu sein. Soll ich meine Familie nicht mal begraben können? Soll ich sie ganz einfach in diesen Trümmern verfaulen lassen? Oder was?!

„Warum sollte ich das tun?", fragte Mada und wollte gehen, als er merkte, dass seine Beine wie verwurzelt im Boden stecken geblieben waren. Jeder Schrittversuch hob einen Teil des Erdbodens unter seinem Fuß mit an.

„Mada, du bist doch verzweifelt, richtig?", fragte der Störer.

Mada überhörte ihn und versuchte ununterbrochen herauszufinden, wie er gehen könnte. Mit beiden Händen fasste er seinen rechten Oberschenkel und kämpfte gegen sich selbst. Er war verwurzelt.

Noch am Tag zuvor war Madas Welt in Ordnung. Ein Zwanzigjähriger, athletisch gebauter und gut aussehender Junge mit einem eigenen Einkommen war keine schlechte Partie. Niemand außer ihm wusste, was er für diesen Erfolg tun musste. Da er das Glück hatte, als ein Mann geboren worden zu sein, war er auch niemandem eine Erklärung schuldig, was er sichtlich genoss. Die allgemeinen Regeln des Zusammenlebens in der Gemeinschaft, welche befolgt werden mussten, konnte er leicht umgehen. Smart, scheinbar gut erzogen und zielorientiert, wickelte er gekonnt jeden um den Finger.

Die kleine Holzhütte, in der seine Mutter wohnte, lag am Rande des Dorfes. Alle Wohnhäuser waren zweckmäßig gezimmert und unterschieden sich äußerlich wenig von den anderen. Von einem kleinen Flur, mit dem aufgestapelten täglichen Trockenholz-Vorrat, gelang man in die große Wohnküche, welche den Mittelpunkt des Zusammenlebens darstellte. Hier befanden sich auch der Hauptkamin mit Kochmulden, ein großer Esstisch, eine kleine Arbeitsecke mit Nähmaschine und eine prall gefüllte Speisekammer. Links vom Kamin, hinter einer Doppeltüre, war das Schlafzimmer. Mada kam gerne hier zurück. Die mütterliche Fürsorge genügte ihm, um das Risiko, eine eigene Familie zu gründen, zu entgehen. Wer konnte schon besser sein?

Er aß zu Mittag mit seiner Familie. Alle lachten und waren gut drauf. Seine Mutter bereitete das Essen vor, was sie tagtäglich mit Hingabe tat. Nach dem tragischen Tod ihres Mannes, blieb ihr nur noch die Liebe zu ihren beiden Kindern. Seine Schwester Mariella erzählte ein paar Geschichten, die sie auf dem Markt aufgeschnappt hatte. Er verstand nie, warum sie alles glaubte, was sie dort hörte. Mit ihrem Tratsch verunsicherte sie alle, was ihr gleich war. Sie mochte es aber nicht, wenn man sie unterbrach, also lernten alle schnell ihr schweigend zuzuhören.

Laut Mariella ist in der Nacht zuvor ein Kind geboren worden und zwar ohne Zeugungsakt. Sie war rot vor Ekstase, als sie ihre Neuigkeiten erzählte. Angeblich war dieser Zufall so unheimlich, dass es nur ein Wunder sein konnte. Als Mada den Namen der vermeidlichen Mutter erfuhr, wollte er etwas dazu fügen, aber Mariella unterbrach ihn: „Lass das bitte! Niemand will deine Meinung hören. Wenn du mir nicht glaubst, dann geh raus und höre was Leute sagen. Es könnte unsere Rettung sein und uns allen eine neue Hoffnung geben."

„Schwesterchen", begann Mada ruhig. „Ich will dich nur daran erinnern, welche Geschichte du noch vor ein paar Monaten über dieser Frau verbreitet hast."

„Ich sage nur die Wahrheit!", konterte sie laut.

„Deine Wahrheit dauert so lange, wie der neuste Tratsch. Ich will dich nur daran erinnern, dass die Frau, über die du da sprichst, eine im Dorf bekannte Hure ist. Und diese haben täglich mehrmals die Möglichkeit, durch einen Zeugungsakt schwanger zu werden. Also noch mal, wie war das: sie soll jetzt unsere Hoffnung stillen und für unsere Rettung sorgen? Habe ich das richtig verstanden?"

„Sie ist keine Hure!"

„Sondern was?"

„Und was bist du? Ein Verbrecher!"

Mada lachte zynisch. „Lieber ein Verbrecher, als eine …"

„Wie kommst du auf den ganzen Mist? Habe ich so was behauptet?!", unterbrach Mariella.

„Du sagtest doch …"

„Woher willst du wissen, was ich damit sagen wollte? Warst du Kunde bei ihr?"

„Nein, das musste ich nicht. Kann mich nicht beklagen. Und für blöden Tratsch habe ich doch dich, also weiß ich aus erster Hand Bescheid."

„Du und Bescheid!"

Madas Mutter war eine zierliche Frau. Er merkte, dass sie kurz davor war, diesem Gespräch ein Ende zu setzen, was er ihr ersparen wollte.

Sie war nicht mehr so stark wie früher und er sah sich verpflichtet, sie zu beschützen. Schon als er klein war, hatte er Angst, sie zu verärgern. Jedes ihrer Wörter klang dann wie ein Donnerschlag. Es schmerzte ihn, dass Mariella diese Fähigkeit von ihr übernommen hatte. Nur dass sie es tagtäglich und fast in jedem Gespräch mit ihm auszunutzen wusste.

„Weißt du was? Du hast Recht! Ich werde jetzt raus gehen und den Menschen zuhören", beendete Mada.

„Ach nee, guck an", provozierte Mariella weiter.

Er stand auf, ging um den Tisch zu seiner Mutter, küsste ihre Stirn und sagte leise: „Ich muss heute raus aus der Stadt, werde aber morgen früh wieder zurück sein. Es gab Probleme mit der Lieferung."

„Geh schon mein Sohn. Ich verstehe das." Sie berührte liebevoll seine Wange, drehte sich genervt in Richtung ihrer Tochter und seufzte: „Marie... Schluss jetzt!"

Mariella war nämlich kurz davor, die angefangene Diskussion fort zu führen. Mit gehobenem Finger erstarrte sie in ihrer Pose.

Mada nährte sich seiner Schwester, nahm ihren Arm nach unten und umarmte sie zärtlich. „Ich mag dich dafür, dass du mit deinem Tratsch die Welt zu retten versuchst. Vergiss dabei aber dein eigenes Leben nicht", flüsterte er ihr ins Ohr.

Als Mada die Küche verlassen wollte und die Türe zum Flur öffnete, drückte ihn eine gewaltige Feuerwelle weg. Er spürte seine durch die Türklinke verbrannte Hand, bevor er das Bewusstsein verlor. Plötzlich wusste er, dass sein Leben somit beendet war. Sein Erstaunen, nachdem er als nächstes vor dem verbrannten Haus aufgewacht war, kann man sich vorstellen. Seine Verzweiflung, die treffend von Ausoy erkannt wurde, war offensichtlich.

Warum ich? - fragte sich Mada und spürte auf einmal, dass er nicht allein war.

Dann hörte er schon die merkwürdig bekannte Stimme des Fremden: »Wollen Sie mir folgen?«.

Die Reste von Madas Vergangenheit lagen in den Ruinen des verlorenen Familienhauses. Was würde er alles tun, um seine Familie wieder zu sehen? Wahrscheinlich alles.

Der Mann, dem er wortlos folgte, schaute ihn mitfühlend an und sagte prophezeiend: „Du bekommst dein wahres Leben zurück. Das wird aber noch etwas dauern." Er blieb stehen, senkte den Kopf, dann fragte er plötzlich: „Mada, wie heiße ich?"

„Ausoy", antwortete augenblicklich Mada.

Der Mann lächelte ihn anerkennend an, stellte sich direkt vor ihn und zwang ihn unmissverständlich sein Gesicht anzuschauen. Mada überlegte, ob es besser wäre weg zu rennen, aber dann bemerkte er Bilder in Ausoys Augen. Seine auf einmal quadratischen Pupillen, formten Ereignisse, welche ihm unbekannt waren.

Er sah die Auswirkung von unzähligen Waffen - die er nicht kannte -, das Menschenleid durch die vernichtenden Kriege - die noch nicht erzählt waren -, die Hungersnot aufgrund der falschen Nahrungsverteilung - mit Nahrungsmengen von unvorstellbaren Ausmaßen - und eine unglaubliche Technik, die die Zukunft und den Menschen beherrscht. Aus einem unbekannten Grund blieb er ruhig, als er erneut die klangvolle Stimme des Mannes hörte: „Du hast das auch in dir. Du kannst das Werk fortführen".

Das Werk fortführen? Mada konnte sich vieles vorstellen, aber es fiel ihm schwer, einen Sinn in Ausoys Wörtern zu erkennen. Lass mich raten. Du schickst mich in diese Welt volle Trümmer, Türme und Leichen und ich räume da auf!? Was für ein Schwachsinn!? - dachte Mada.

Ausoy öffnete seine Hand und bildete eine Art kugelförmigen Lichtes darauf. „Siehst du dieses Kind?“, fragte er.

Mada nährte sich der Kugel und konnte tatsächlich ein Kind sehen. Es überraschte ihn, als er neben dem Kind, umhüllt in der Dunkelheit, eine ihm bekannte Frau erkannte.

„Du kennst sie“, stellte Ausoy fest.

„Ja“, sagte Mada.

Ausoy wartete kurz, schien unsicher zu sein, dann zeigte er auf sich und sprach: „Jetzt lernst du dieses Kind kennen“.

Mada war sichtlich verwirrt. Er spürte, dass ihm heiß wurde. Diese Begegnung war irritierend und zugleich interessant. Er konnte noch die Verwesung seines Körpers im Mund schmecken, fühlte sich dennoch lebendiger als je zuvor.

Sie sprachen die ganze Nacht hindurch, bis die ersten Sonnenstrahlen ihre Gestalten für die Menschen sichtbarer machten. Ausoy bemühte sich nur Fragen zu beantworten, weil er zu wenig wusste. Er wollte Mada keine falschen Hoffnungen machen und nur aufgrund seiner freiwillig gewählten Aufopferung, die Aufgabe übergeben. Er fragte sich nie, warum er noch am Leben war, weil sein Körper, durch die gewaltigen Schläge seiner Mutter, tot auf die Welt kam. Ihn plagten keine Erinnerungen und nichts hemmte sein Fortleben. Er wusste nicht einmal, dass er erneut lebte. Er wusste, dass ihm eine unglaubliche Gabe geschenkt worden war und, dass seine Taten durch die Menschen um ihn herum für göttlich erklärt werden.

Ausoy begann seine eigene Geschichte mit seinem Aufwachen mitten im Wald, kurz nachdem er gestorben war. Er wusste nicht wo er war und warum. Die schwache Erinnerung an seine Geburt brachte keine Anhaltspunkte, weil er keine Lebenserinnerungen hatte. Er atmete die Luft ein und genoss mit geschlossenen Augen den schwachen Wind in seinem Gesicht. Die deutlich klingelnden Geräusche der Umgebung waren einzigartig, weil er diese nie zuvor hören konnte. Er war entblößt, weil er nie zuvor ein Gewand getragen hatte, deshalb lieh er sich eins von einem zufällig getroffenen Fremden aus. Er konnte Mada finden, weil ihn der Geruch der Verbrennung den Weg zeigte. Er wollte sein Leben zurück haben und Mada könnte in der Lage sein, das Vorhaben zu unterstützen, weil er ebenfalls unsterblich war.

Ein Phantomschmerz durchquerte Madas rechter Arm. Er hob ihn hoch und konnte erst jetzt seine zerfetzten Klamotten sehen. Wie schwer seine Hautverbrennungen waren, wollte er eigentlich nicht sehen. Trotzdem schob er die Stofffetzen weg und erstaunte, weil er keine verbrannten Stellen finden konnte, sondern sah auf die unzähligen Narben.

Wie konnten diese so schnell heilen? - wunderte Mada sich.

Er hörte nicht mehr was Ausoy sagte, weil ihm eine Schockstarre seines Körpers zu verstehen gab, dass er Angst bekam.

„Ich habe nicht viel Zeit, um dir alles erklären zu können", sagte Ausoy und Mada hörte ihm wieder zu. „Du kannst aber mir und vielen anderen Menschen helfen. Deine Welt existiert nicht mehr und nur durch unsere Erinnerungen sind wir in der Lage, unsere besondere Rassenvielfalt weiter leben zu lassen", fuhr er fort.

„Weil wir Tod sind", stellte Mada zynisch fest.

„Nein“, versicherte Ausoy. „Wir leben in der Zwischenwelt und haben freie Wahl an Dimensionen, um neue Welten zu erschaffen. Wir sind einzigartig, weil wir diese Möglichkeit haben“, beendete er selbstsicher.

„Ich habe dich nicht darum gebeten“, konterte Mada.

„Ähm komm, erzähl' nix“, lachte Ausoy. „Gib zu, dass du schon immer mehr haben wolltest als alle anderen. Und was hast du bekommen? Na, was hast du denn bekommen?“, fragte er angriffslustig.

„Ich bin tot. Ich lebe nicht mehr!“, schrie Mada. Das alles hat keinen Sinn mehr. Was will dieser Typ von mir? - überlegte Mada.

„Also für mich bist du nicht tot. Du stirbst erst, wenn du mit deinen Erinnerungen eine neue Dimension erschaffst“, erklärte Ausoy.

„Und wie finde ich diese Dimension?“, fragte Mada, um endlich allein sein zu dürfen.

Die Antwort überraschte ihn.

„Das erfährst du erst, wenn ich erlöst werde. Wenn du diese Aufgabe übernimmst.“

„Welche Aufgabe?“, er verstand noch nicht.

„Deine Dimension, so lange wie möglich zu projizieren“, antwortete Ausoy.

„Warum?“, fragte Mada entschlossen weiter.

Ausoy war jetzt genervt von dieser kindischen Befragung. »Was konnte Mada nicht verstehen? Die Erde wurde von einem Gammablitz getroffen. Die Strahlung zerstörte die überlebenswichtige Atmosphäre: der Kohlendioxid-Anteil war wesentlich höher als der des Sauerstoffes und der des Stickstoffes. Zweidrittel der Erdoberfläche und alles, was dort lebte oder wuchs, wurde sofort vernichtet. Den Rest der Welt suchte ein apokalyptischer Wintersturm heim und stellte die weniger als hundert Überlebenden vor viele Herausforderungen, die nicht zu bewältigen waren: akute Hungersnot, nicht vorhandenes Trinkwasser, grauer und sonnenundurchlässiger Smog. Wahrscheinlich überlebten sie nicht mal eine Woche. Der Letzte von ihnen entdeckte im ehemaligen Paris ein Lichtbündel, welches höchstwahrscheinlich selbst aus dem Gammastrahl stammte. Als er hinein schaute, hörte er die Botschaft: Das Tor der Dimensionen ist unter dir. Schmeiß die Lichtkugel durch es und alles beginnt von vorne. Er tat es unüberlegt. Danach setzte sein Tod einen finalen Lichtstrahl, welcher in der Kugel - die bereits zur Hälfte die Dimension gewechselt hatte - verschwunden war. Hinter ihm lag nur noch ein wahres Nichts.«

Freilich hatte Ausoy das alles ebenfalls nicht gewollt. Er bat niemanden ums Leben. Sein Tod war sein Leben. Die Menschen sehnen sich nach Ritualen, suchen nach Antworten und das wollte er ihnen geben. Das sollte niemand nachmachen können. Wenn Mada lieber ein Zuschauer sein wollte, konnte er dies auch haben. Er legte seine Hände auf Madas Kopf, um ihm die nötigen Kräfte zu übertragen und seinen Willen zu beherrschen und erklärte ihm seinen Plan. Die Befreiungsversuche waren zwecklos.

Zum Schluss sagte Ausoy: „Das ist sehr wichtig. Du kannst die Zeit bestimmen und somit frei wählen in welchem Augenblick du eingreifen willst. Danach bist du gezwungen, alles so hin zu nehmen, wie es geschehen mag."

„Alles klar. Und warum soll ich das alles machen?"

„Weil du es kannst. Weil du die besagte Lichtkugel, mit allen Erinnerungen der verstorbenen Menschen fangen kannst. Folge mir zum Tor!"

Mada wollte nicht wissen, warum er diese Begegnung immer schon erwartete. Sein Leben, alles was er bis dahin tat, war darauf ausgerichtet, die Menschen zu ermüden, zu demütigen und zur Verzweiflung zu bringen. Er war Meister der Manipulation. Er spürte, dass sich jetzt alles verändern wird.

Ausoy bewegte sich schnell, fast schwebend und irgendwie königlich. Dagegen wirkte Mada mit seinen schwerfälligen Schritten und den verdreckten Klamotten wie ein Zombie. Das ungleiche Paar steuerte auf den nahe liegenden Hügel zu. Ausoy drehte sich mehrmals um und scannte die Umgebung. Was er finden wollte, war nicht zu erkennen. Manchmal aber lächelte er Mada verlegen an, als ob es eine Entschuldigung für sein Misstrauen wäre.

Oben angekommen, begann Ausoy die graslosen Stellen abzuklopfen, bis er einen klaren Klang zu hören bekam. Bevor Mada die menschlichen Körperreste unter der Glasoberfläche erkennen konnte, hob Ausoy die Arme zu einem Kreis und erzeugte ein grelles Licht, welches jeden erblindete. Erst nach einer Weile sah Mada die schwarzen Konturen von Ausoy und seinen Arm, welcher ihm zeigte, dass er folgen sollte.

Also…das ist der Tod. Oder? - war das Letzte, was Mada dachte.

Das Licht verschlang seine Gedanken und ihn, sobald er freiwillig den ersten Schritt in die Richtung des Lichtstrahls nahm.

„Finde den Sohn von Ajram und Fesoy. Warte auf mich."

Wiederholte Ausoy beruhigend.

»Ich bin tot.« - dachte jemand, der Madas Gedanken übernahm.

„Richard!" Schrie plötzlich jemand, der Ausoy sein konnte. Die schmerzverzerrte Stimme machte die Erkennung unmöglich.

Kapitel 7:
»Sterben erleichtert das Fortleben«
Der unausweichliche Ursprung

Auf einem zeitlich und demographisch weit entfernten Felsen, stand eine schwangere Gestalt, nahe am Abgrund. Die freie Sicht auf ihr Dasein erschwerte eine schwefelhaltige, gelbe Luft, welche sämtliche Umgebung umhüllte. Die Schwangere trug nur ein dünnes Fell, welches sie mit einem Rind-Dünndarm um ihren Körper befestigt hatte. Sie zitterte, wobei sie kerzengerade stand und nicht mal versuchte anzudeuten, dass sie Schutz brauchte.

Plötzlich breitete sie ihre Arme aus, atmete tief die erstickende Luft ein, ballte ihre Hände zu Fäusten und begann rhythmisch auf ihren Brustkorb zu schlagen. Dann tanzend, mit höchster Theatralik und sich um 90 Grad drehend, öffnete sie ihren Mund, aus dem eine schwarze Flüssigkeit kam. Mit einem blassen und vor Schmerz verzogenen Gesicht schaute sie ihre versammelte Gemeinschaft an.

- Erst jetzt bemerkte der leise Beobachter dieses Ereignisses, dass er nicht alleine mit der Schwangeren war. –

Eine grauhaarige - mit einem qualitativ besseren Fell, weil mit dichtem Pelz besetzt - männliche Gestalt stand zwischen Duzenden anderen seiner Zunft. Er trug ein ungewöhnliches Geweih auf seinem Kopf, das aus unterschiedlichen Knochen zusammengebaut war und hielt einen schlangenartig verdrehten Stock in seiner rechten Hand. Er hob seine Arme, sprach ein paar unbekannte Laute, nahm die Hand einer auch grauhaarigen, jedoch weinenden weiblichen Gestalt, die links von ihm stand und übergab ihr den Stock. Anschließend animierte er einen weiteren grauhaarigen Mann, der rechts von ihm stand, der alten Frau zu helfen. Die beiden begannen rhythmisch auf den Boden zu schlagen.

Die Schwangere auf dem Felsen richtete ihre Fäuste gegen ihren Bauch und schlug weiter. Plötzlich spürte sie die Wärme, welche sich über ihre Beine verteilt hatte. Sie schrie, als ihre Haut zwischen den Beinen platzte und ein helles, sich bewegendes Etwas aus ihr heraus kam. Breitbeinig stellte sie sich über das Ding und begann zu weinen. Alle näherten sich ihr und betrachteten das neugeborene Kind. Der grauhaarige Mann, mit dem Geweih, nahm den Stock aus den Händen der alten weinenden Frau, hob seine Arme hoch und schrie: „Abde akteo demodiu!“

Er zeigte auf die Versammelten und sagte wahrscheinlich so etwas wie: »Das Kind sieht Niemandem ähnlich und gehört einer nicht bekannten Rasse an. Seine Haut ist weich und unbehaart. Seine Nase und Ohren sind winzig, sein Körper schwach und klein. Wir vernichten Böses!«, was eine mögliche Erklärung für seine Tat danach sein könnte. In seiner Sprache klang das etwa so: „Ko quab ebeo tutak tu e ble un take sarde. Mer shewe bol olio un tarne. Mer esa un era bole pliuno, mer dorte quad un pliu. Abde akteo demodiu!“

Er näherte sich mit langsamen Schritten der ahnungslosen und fast verbluteten Frau und schlug mit dem Stock überraschend auf ihren Kopf. Sie schrie vor Schmerzen. Dieser Schrei war das Letzte, was sie von sich gab. Ihre Tränen wurden blutiger. Sie flog gefühlte fünf Minuten bis zur Kante des Felsens hinunter, überschlug sich und stürzte in die Tiefe. Das neu geborene Wesen folgte ihr, weil es mit der Nabelschnur der Mutter verbunden war. Der Felsen war Blut überströmt als diese Zeremonie zu Ende war.

Die beißende Luft ließ nur kurz zu, dass die mit Lungen atmenden Wesen sich draußen aufhalten konnten. Die gigantischen Felsenhöhlen mit ihren Mineralien, filterten die Luft sowie das Wasser und ermöglichten das Fortleben. Die Versammelten entfernten sich deshalb, als das Ereignis beendet wurde. Zwei der Wesen wollten nicht zurückkehren und nach einer Weile legte sich über sie ein grauer Staub, der eine Vulkaneruption in der Nähe verriet, was zu der Zeit mehrmals täglich geschah.

Noch Stunden danach sah man ein Pärchen auf den Felsen im Mondlicht stehen und hörte beide weinen. Später kursierten Erzählungen, dass die Wölfe dieses Ur-Weinen im Mondlicht zu ihrem eigenen Ritual gemacht haben, um die ersten wahren menschlichen Eltern zu würdigen. Es gibt einen Ort, der tief in einem Tal liegt, umgebend von hohen Felsen, die - wie einzelne Tränen - im Boden stecken. Eine Legende besagt, dass dies die Tränen des Pärchen sind. Ob dies die wahren oder gar die ersten Tränen der neuen Zivilisation sind?

Ausoy musste einen Weg finden, mehr vom Leben zu erfahren. Sein früher Tod war der Anfang, wollte er glauben. Der Welt als reine Materie dienen zu müssen, grenzte an eine Strafe.

Die Lichtkugel, welche aus seinem Inneren leuchtete und die er Mada zeigen konnte, fanden Ausoys Ersatzeltern in seinen Händen, als sie ihn in einer Scheune gefunden hatten.

Beide wunderten sich, was das Gebäude zum Leuchten brachte, als sie an der Stelle, wo Ausoys Leben erneut begann, vorbeiliefen. Sie gingen mit hoher Vorsicht hinein und fanden ihn. Ein kleines Baby, nicht mal ein paar Stunden alt. Es hielt diese unglaublich hellleuchtende Kugel. Als sie diese anfassen wollten, um sich zu vergewissern, dass sie echt war, verschwand das Licht. Die junge Frau interessierte das alles nicht, weil sie bereits eine fürsorgliche Ader gepackt hatte. Sie umhüllte das Kind mit einer auf dem Boden gefundenen Decke, schützte es in ihren Armen und schaute fragend den alten Mann an: „Was machen wir jetzt?“

„Ich weiß es nicht.“ Kraftlos fühlte er sich. Ihm leuchtete nicht ein, wie das alles passieren konnte. Er wollte nur herausfinden, ob er noch Manns genug war, aber seine Einsamkeit dabei nicht aufopfern. Wer kam am besten dafür in Frage? Ein leichtes Mädchen, welches schon aus beruflichen Gründen schweigen konnte. Niemand sollte etwas davon erfahren und jetzt das.

»Fesoy - was hast du dir dabei gedacht?!«, hörte er schon die Nachbarn plappern.

„Was wäre wenn wir erzählen, dass wir Eltern geworden sind?“, fragte plötzlich Ajram. Sie erfuhr schon als Dreizehnjährige, dass sie keine Kinder haben kann. Es wunderte sich Niemand, außer sie selbst.

„Bist du verrückt geworden? Wie soll das gehen?“. Fesoy war sichtlich erschrocken, bewegte sich rückwärts in Richtung des Ausgangs und fügte hinzu: „Ich kenne sie nicht? Wer sind sie?“

„Ich bin nicht verrückt geworden“, begann Ajram: „Schau dieses Kind an. Es muss doch ein Zeichen sein. Oder kannst du irgendwo seine wahren Eltern sehen? Ich kann keine Kinder gebären und du willst keine haben. Trotzdem wollte jemand, dass wir es irgendwie finden. Ich will mich um ihn kümmern und könnte dabei auch dir helfen. Bitte glaub‹ mir, dass wir was Besonders erfahren werden. Das kann kein Zufall sein.“

Das kleine Nebentor der Scheune ging leise auf und ein reich gekleideter Mann fragte unsicher: „Ist das das Kind?“

Ajram antwortete sofort: „Ja, das ist es.“

Fesoy holte Luft, um auch etwas dazu zu fügen, als plötzlich noch zwei andere, genau so reich oder noch reicher gekleidete Männer, die Scheune betraten. Sie trugen je einen mittelgroßen, teilweise Gold bedeckten Koffer mit sich. Fesoys Unterkiefer steuerte nach unten und seine Augen wussten nicht mehr, was sie anschauen sollten: die wohlhabenden Männer, von denen einer im Gesicht schwarz bemalt war, oder doch ihre Koffer. Sie stellten sich vor Ajram und dem Kind, kniend und mit gebeugten Köpfen schoben sie die Koffer zu ihnen hin. Danach verließen sie wortlos den Raum, vorbei am erstaunten Fesoy, der ihre Schritte aufmerksam verfolgte.

„Was habe ich dir gesagt?“, fragte Ajram überglücklich, als sie wieder allein waren. Dann eilte sie hinaus, um nachzusehen, wohin die Männer gingen.

Fesoy wollte eher mitkriegen, wann sie zurückkommen und sagen werden: »Entschuldigung für den Irrtum, aber diese Geschenke gehören nicht diesem Kind.« Deshalb folgte er ihr.

Als er die Scheune verließ, hörte er eine Frau zynisch und laut sagen: „Nein, ich glaub‹s nicht! Da haben sich zwei gefunden. Eine Hure und ein alter Schreiner“, gackerte Mariella los. Provozierend stellte sie sich, mit den Armen in die Hüften stemmend, vor die beiden in Pose und erwartete Erklärungen.

Mariella liebte die nächtlichen Spaziergänge mit ihren besten Tratsch-Freundinnen. Sie fühlten sich ungestört und hatten schon so manche Liebesdramen und wahre Tragödien - ungewollt oder eben gewollt - miterlebt. Das hier gehörte eher zur Sorte: ungewollte Liebeskomödie.

„Ich habe nicht mit ihm geschlafen“, gestand Ajram verzweifelt. Sie umarmte schützend das Kind und schaute in seine Augen.

»Bring mich zu meinen Geschenken.« - hörte sie plötzlich in ihrem Kopf. Sie sagte geheimnisvoll und laut, weiterhin das Kind anstarrend: „Das Kind könnte unsere Rettung sein."

Danach ging sie zurück in die Scheune und schob mit einer Hand die schweren Koffer zusammen, mit der anderen hielt sie solange das Kind, und legte es anschließend auf ihnen ab. Fesoy blieb draußen stehen, weil er diese grauenhaften Weiber vom Schauen abhalten wollte.

„Verschwindet endlich! Was soll das?", wütete er bittend. Er überlegte, ob es besser wäre, diese Frauen mit ähnlich geheimnisvollen Sätzen, wie Ajram es getan hatte, zu verunsichern und zum Gehen zu zwingen?

»Sie hätten dann genug gesehen, um im Dorf einen neuen Tratsch verbreiten zu können.« - dachte er.

„In dieser Zeit könnte ich weit weg sein und vielleicht das Weib und den Findling tatsächlich mitnehmen." - kam ihm in den Sinn.

„Er ist der Erlöser", sprach es aus ihm heraus.

Auf einmal leuchtete die Scheune lichterloh, die unglaubliche Helligkeit war einzigartig und gab Fesoys Worten die nötige Kraft. Die Frauen liefen mit weit aufgerissenen Augen davon. Fesoy wusste nicht, ob er auch weg laufen oder lieber den unerwarteten Reichtum absichern sollte. Er entschied sich, hinein zu gehen, wollte das Nebentor öffnen und sprang fluchend weg, weil die Klinke höllisch heiß war. Eine Sekunde später öffnete Ajram das Tor, als ob es nichts wäre. Ihre Augen waren geschwollen vor Tränen und sie hielt ihre Hände so, als ob sie ein Kind halten wurde.

„Was ist passiert?!", fragte Fesoy nervös und viel zu laut.

„Er ist weg", antwortete Ajram traurig.

„Wie weg?" Er glaubte, dass sie das Kind den drei reichern Männern zurückgegeben hatte.

„Weg, ganz einfach weg“, gab sie weinend zu.

„Die Koffer auch?“ Fesoy wollte nicht wahr haben, dass er diesem Weib solch unvorstellbare Geschenke anvertraut hatte. Er schob sie sanft aber bestimmend auf Seite und ging hinein. Der Raum war stockdunkel.

„Die Koffer sind noch da.“ Ihre Stimme zitterte. Sie stand an der Tür hinter ihm und zeigte auf die Stelle, wo sich kurz zuvor das Spektakel abgespielt hatte: Als sie das Kind auf die Koffer ablegte, formte es erneut diese hell leuchtende Kugel. Das Licht schien direkt aus seinem Inneren zu kommen und begrenzt zu sein - an einer Aura erinnernd. Plötzlich vernahm Ajram die leisen, dann immer lauter werdenden Stimmen, welche sich, wie in einem Wirbelsturm um die Lichtkugel bewegten. Sie verschloss ihre Ohren mit den Handflächen, als ihr es zu laut wurde, aber es half nichts. Die menschlichen Schreie - aber keine Hilferufe, sondern eher letzte Todesschreie - drängten sich durch jede noch so kleinste Pore ihrer Haut oder suchten sich den Weg durch jedes Loch in ihrem Körper durch. Sie spürte das Leid, wie einzelne Stiche, die ihr offensichtlich Schmerzen spüren ließen. Das Kind bewegte sich unruhig, aber es schrie nicht. Sie wollte sich ihm näheren, als es plötzlich verschwand. Das Kind, Licht und die Kugel waren auf einmal nicht mehr da. Nur noch die Koffer standen auf ihrem Platz. Ajram brach in Tränen aus, weil sie nicht wahr haben wollte, dass ihr das Glück - Mutter zu sein - so schnell weggenommen wurde. Dann tat sie so, als ob sie das Kind in ihren Händen weiterhin halten wurde und mit einer gebeugten Körperhaltung verließ sie die Scheune.

„Alle glauben jetzt, dass wir ein Kind haben“, unterbrach sie eine kurze Stille, weil Fesoy nur dastand und auf die Koffer starrte.

Er richtete sich wieder auf, kam zu sich und sagte gleichgültig: „Ich besorge dir ein Kind …"

„Aber …" Sie versuchte ihm zu widersprechen.

„Schweige!", unterbrach er: „Wir nehmen den Inhalt mit, vergraben die leeren Koffer hier im Garten und liefern einen Erlöser, wenn die es so wollen."

Ausoy erwachte in einem Wald, nachdem er unerwartet aus seiner Welt gerissen wurde und die letzte Aufgabe lösen musste. Durch eine leichte Brise bewegten sich die Blätter der Bäume und zwischen ihnen blitzten die ersten Sonnenstrahlen. Die Nacht wurde durch einen verschleierten Nebel weggewischt. Konturen des Waldes kamen langsam empor. Das Letzte, an was sich Ausoy erinnern konnte, war der tiefe, lange Fall und die höllischen Schmerzen danach. Warum er jetzt in einem Wald lebend und als erwachsener Mann aufwachte, konnte er nicht ahnen. Sein Ziel schien undefinierbar.

Plötzlich vernahm er knisternde Geräusche, die ihn an ein Lagerfeuer erinnerten, nur dass diese deutlich lauter waren. Das Hören fühlte sich ziemlich neu an. Erschwert bewegte er sich durch den dicht bepflanzten Wald fort. Er blieb zwischen den Ästen stecken und verletzte sich mehrmals, bis er endlich eine Lichtung erreichte. Dann sah er auf einem naheliegenden Hügel eine dunkle Gestalt sitzen. Davor brannte ein Haus lichterloh. Der Rest der Umgebung war stockdunkel und wie ausgestorben still.

„Mich trifft der Schlag! Wie sehen Sie denn aus?", fragte jemand unerwartet hinter ihm.

Ausoy verengte seine Augen, ging zwei Schritte nach vorne und befand sich zwischen der Lichtung und dem Wald. Er drehte sich um und betrachtete die Schatten der Bäume in der Dunkelheit, bis sich hinter einem Baum eine Gestalt bewegte und in seine Richtung steuerte. Der Mann war etwa in Ausoys Alter. Mit seinen blonden Haaren und einem ziemlich gut gebauten Körper, wirkte er sehr mächtig.

„Ich will nicht unfreundlich sein, aber sie sehen nicht nach jemandem aus, der abgemagert wäre. Deshalb schließe ich daraus, dass sie nicht arm sind. Ihr nackter Leib hat in dieser Gegend nichts verloren!“ Der anfänglich nette Ton des Mannes änderte sich und sein Körper nahm eine angespannte Haltung an.

Ausoy bemerkte, dass er hinter seinem rechten Bein einen Schlagstock versteckte und fragte versöhnlich: „Muss ich so angezogen sein, wie sie es sind?“ Der Mann holte Luft, konnte aber nichts dazu fügen, weil Ausoy ihm zuvor kam: „Richard?“

Der zuvor aufgenommene Atem entwischte rasch der Brust des Mannes. Er wartete nicht mehr länger und stürzte sich wütend auf Ausoy, was er sowieso von Anfang an vorhatte. Etwa zwei Meter davor stoppte ihn eine unsichtbare Barriere. Sie schleuderte ihn heftig nach hinten. Er stand auf und rannte erneut nach vorne, als ob er verrückt geworden wäre.

„Richard, beruhige dich“, sagte Ausoy besänftigend.

„Woher kennst du meinen Namen?“ Er war nicht mehr zu bändigen, versuchte mit bloßen Fäusten die Barriere durchzubrechen und wurde immer wieder zurück geschleudert.

„Das ist nicht wichtig. Denk‹ nicht daran, dann kommen wir weiter.“ Ausoy machte eine kurze Pause, dann fragte er: „Was muss ich von deiner Welt wissen?“

„Auf jeden Fall eins, dass wir keine Affen sind und angezogen laufen“, antwortete Richard angriffslustig und richtete sich auf, aber diesmal sprang er nicht mehr auf die unsichtbare Wand, sondern versuchte Ausoys Blicken zu entkommen und schaute nach unten.

„Vielen Dank“, sagte Ausoy freundlich und schleuderte schnell - wie eine Rakete - durch Richards Körper.

„Meinst du etwa so?“, fragte er selbstverliebt und zeigte auf seine eigene Gestalt. Er bewegte sich so schnell, dass Richard nur das wahrnehmen konnte: der Gegenüberstehende stand plötzlich hinter ihm, war wie er es zuvor war angezogen und zeigte auf sich. Richard stand komplett nackt da.

„Dafür wirst du büßen!“, drohte er und hob seinen Kopf, aber der Angreifer hatte sich längst in Luft aufgelöst.

Ausoy konnte schon riechen, wie er seine größte Last - das Leben - loswerden wird. Dieser Geruch der Verbrennung, der ihn seit seinem Aufwachen im Wald verfolgte, erinnerte ihn an seinen Ursprung, als ob das sein Code wäre. Er zögerte nicht länger und ging seiner Nase nach. Herzlich wenig interessierte ihn, was mit dem zurückgelassenen, entblößten Richard geschah.

Ausoy traf Mada vor den Resten seiner verlorenen Existenz, einen Tag nach der Begegnung in der Scheune, als ein erwachsener Mann, welcher auf zwei Tausend Jahre Leben zurückblicken konnte.

Mada war ein ideales Opfer und ein möglicher Helfer.

»Perfekt! Weiter so! Nach zweitausend Jahren endlich die Erlösung.« - freute er sich.

Nach ihm hatte er schon immer gesucht. Sein Plan war genial. Ausoy musste viele Fragen beantworten und versuchte die Wahrheit nur teilweise aufzudecken. Er hatte Angst, dass sein Vermächtnis missverstanden wird.

»Wieso sollte ein Mensch ewig leben wollen? Umgeben nur von Gleichgesinnten.« Das ist so, als ob man deuten wollen würde, dass niemand kreativer sein könnte, außer jenen, die bereits gelebt haben oder denen, die ewig leben werden. Aber die Menschheit hat bewiesen, dass nur durch die unbekannte Vielfalt an Emotionen und Fähigkeiten, Menschen etwas Neues erschaffen können. Es schien so, als ob ihn jemand beschenkt hätte - er wusste nichts von der Gabe der reichen Männer oder von Fesoy und Ajram.

Ausoy durfte aber eine neue Dimension erschaffen und eigene Weltvorstellungen formen. Leider konnte er nicht überall rechtzeitig eingreifen, denn dafür hatte er nur einen Tag - egal in welcher Dimension - und musste erkennen, welche Ereignisse tatsächlich veränderbar waren. Das Universum veränderte nichts was geschah, weil es geschehen musste, sondern entschied darüber, was noch geschehen wird.

Seine Welt entwickelte sich ohne jegliche Kriege oder Auseinandersetzungen. Jedem nicht vorbestraften Erwachsenen - zwischen achtzehn und sechzig Jahren - wurde, durch einen Los gezogen, die Möglichkeit gegeben ihre Welt entscheidend mit zu verändern. Der Gewinn der Auslosung: sich einen Monat lang als den Präsident der Vereinigten Kontinente sehen zu dürfen und in der Vereinigten Ratssammlung rund fünfunddreißig Prozent der Stimmen inne zu haben. Politiker erkannten endlich, wie wichtig diese Stimme des Volkes war und versuchten alles, um an diese Prozente zu kommen. Sie selbst waren ehrenamtlich tätig und wurden freigestellt, wenn sie sich politisch engagieren wollten und somit oft schon bei ihren Arbeitgebern und Kollegen als Vorbild galten oder waren einfache Menschen. Auch solche, die ihr Vermögen für politische Ziele verwendeten oder andere, die die Welt verändern wollten. Alle zwei Jahre wurde aus ihnen ein Volkspräsident für den entsprechenden Volksbezirk gewählt:

- 1er Bezirk: United North Pole - UNP
- 2er Bezirk: United North America - UNA
- 3er Bezirk: Indians North America - INA
- 4er Bezirk: Latin Middle America - LMA
- 5er Bezirk: Pacific Ocean Islands - POI
- 6er Bezirk: South America of Portugal - SAP
- 7er Bezirk: South America of Spain- SAS
- 8er Bezirk: United South Pole - USP
- 9er Bezirk: Atlantic Ocean Islands - AOI
- 10er Bezirk: United North Europe - UNE
- 11er Bezirk: United North Asian - UNA
- 13er Bezirk: Sahara Freeland - SF
- 12er Bezirk: United Middle Europe - UME
- 14er Bezirk: United Middle Asian - UMA
- 15er Bezirk: Free North Africa - FNA
- 16er Bezirk: Free South Africa - FSA
- 17er Bezirk: Indian Ocean Islands – IOI

Die so gewählten Politiker, bildeten die Vereinigte Ratssammlung und konnten höchstens zwei Mal wieder gewählt werden, damit sie ihren tatsächlichen Beruf nicht verlernen und sich wieder eingliedern, sobald die Ratsprämie ausbleibt - diese stand nur den Ratspolitikern zu. Selbstverständlich erhielten sie auch keine Rente, nur weil sie mal Politiker waren. Warum auch? Sie mussten, wie jeder andere, genauso viele Jahre arbeiten, um ihr persönliches Rentenkonto zu füllen. Sie bekamen eine Auszeichnung für ihre Dienste, was ihnen bessere Arbeitsperspektiven ermöglichte. Die politische Korruption war praktisch unmöglich und wenn, dauerte diese viel zu kurz, um rund fünfzig Prozent der Stimmen der Vereinigten Ratssammlung zu ergattern. Außer man überzeugte den Präsidenten der Vereinigten Kontinente, was innerhalb eines Monats geschehen müsste. Da sie ohnehin nur zwei bis höchstens vier Jahre politisch tätig waren, konnten sie auch nur schwer die Vorteile auf ihr späteres Berufsleben übertragen. Niemand mehr konnte ewig alleine die Macht ausüben.

Der Fortschritt beherrschte die Gedanken der Weltpolitik, was nicht überraschte. Es gab weiterhin wirtschaftlich schwach gestellte Regionen, die durch stärkere Bezirke unterstützt wurden. Die nötige Hilfe war auch unkompliziert, weil es kein Geld mehr gab. Man sparte dadurch nicht nur an natürlichen Ressourcen, sondern verhinderte auch die Entstehung von ökonomischen Kriegen. Diese geschahen ganz einfach nicht.

Die Bevölkerung konnte nur durch Arbeit das Wohnrecht erwerben. Entsprechend des Arbeitsvertrages erhielt man als Bezahlung: Essen- und Kaufbons und freie Miete für die Firmenwohnung, welche später je nach Vereinbarung als Eigenbesitz erworben werden konnte. Die geregelte Pflicht des Arbeitgebers für die Wohnmöglichkeiten der Arbeitnehmer selbst zu sorgen, führte dazu, dass sie verstärkt anfingen, den Wohnungsbau zu unterstützen und jede freie Stelle rechtzeitig zu besetzen.

Die Arbeitslosen, von nun an Bonisten genannt, erhielten beim Amt die politisch vereinbarte Anzahl an Bons, welche durch die zahlreichen Spenden und die festgelegten Reichen-Abgaben garantiert waren. Diese Abgaben und Spenden konnten jederzeit und von jedem angesehen werden. Sie wurden öffentlich verwaltet. Des Weiteren stand den Bonisten eine bestimmte Wohnung zur Verfügung, welche zwar nur den einfachsten Standards entsprach, aber für das Überleben genügte.

Das Rentensystem wurde revolutioniert. Ähnlich, wie bei den Bonisten, zog man die Reichen in die Verantwortung, für die Mittel- und Unterschicht zu sorgen. Also für diejenigen, die einst durch die Arbeit ihren Reichtum mitfinanziert hatten. Ab einer bestimmten Bemessungsgrenze floss ein Teil des Vermögens in die Rentenfonds und garantierte jedem, der gearbeitet hatte, einen würdevollen Lebensabend. Ohne Geld- oder Wohnsorgen. Diese Verteilung führte dazu, dass Neid und Missgunst kaum entstehen konnte.

Geld als solches existierte in Zahlen und wurde nur noch im internationalen Handel benutzt. Die Abkürzung RO stand für rough money, die Buchstaben davor, verrieten die Herkunft des Handels: EME-RO für Mitteleuropa, UNA-RO für Nordamerika und so weiter. Der schwankende Kurs der RO war für alle gleich und wurde täglich anhand der schwächsten Wirtschaftszahlen ermittelt. Die besser aufgestellten Länder unterstützten die Schwächeren, um ihren Exportertrag höher zu halten.

Der allgemeine Vorteil des Systems war, dass man die genauen Verbrauchszahlen für alle Waren ermitteln konnte, die Produktion dementsprechend anpasste und weniger Müll produzierte.

Jeder war ein wahrlich ausgesuchtes Exemplar, egal was oder wer er zuvor war. Diese Gleichheit galt allen, die das erdige Leben und die Vorstellung davon hinter sich gelassen hatten und mit neuen Ideen eine bessere Welt erzeugten - ohne Missgunst, Herrschsucht und Angst. Er schuf einen wahren Sozialstaat.

Dank der Lichtkugel konnte Ausoy auch die vermeintlich unaufhaltbaren Ereignisse der Geschichte verändern. Anfänglich gelang es ihm sogar, manche Tyrannen zu entmachten oder ihre Existenzen zu verhindern. Er liebte sein Werk.

Irgendwann aber hatte er es satt, aus seiner wunderbaren Dimension ständig rausgerissen zu werden. Die Aufgaben, die er bekam, machten ihn müde. Allmählich verstand er nicht, welchen Sinn die unerwarteten Wechseln der Dimensionen bedeuten sollten - wenn er seine Welt, die für ihn einzigartig erschien, bereits gefunden hatte. Manchmal befand er sich gerade in laufenden Verhandlungen oder hielt eine Rede und im nächsten Augenblick wachte er in einer fremden Umgebung auf und war gezwungen, zu agieren. Alles was er tat, schien vorgeschrieben zu sein - warum nicht auch sein Tod?

Es dauerte lange, bis er merkte, dass in einer fremden Dimension nur die fraglichen Ereignisse der Geschichte tatsächlich auch veränderbar waren. Er nutzte sie aus, um sie neu zu schreiben. Das würde doch niemand je in Frage stellen können, oder?

Er fand Mada und gab ihm genug Zeit, um sich an die neuen Kräfte zu gewöhnen. Ihre Reise durch das Tor der Dimensionen veränderte die Geschichte, weil Richard sich die Kopie des Geschehens sicherte. Fortan entschied auch er darüber, wer Ausoys Ebene erreichte und zerstörte langsam diese wunderschöne Idylle.

Als Ausoy Mada nach siebenundzwanzig Erdjahren wieder begegnete, weil er in ihm die einzige Rettung im Kampf gegen Richard sah, stand vor ihm ein anderer Mann: selbstsicher und mächtig, bereit alles zu tun, um weiter zu leben.

Mada riss die Augen auf, als er wieder zu sich gekommen war. Das grelle Licht und Ausoy waren verschwunden. Sein Körper umhüllte eine durchsichtige Masse und machte das Atmen unmöglich. Er fing an dagegen zu kämpfen.

Endlich befreite ihn jemand und sagte: „Steh auf mein Sohn."

Der selbsternannte Erlöser persönlich sprach zu ihm. Er überquerte das Land, erzählte von der Gottesgnade - die ihm seine Pflegeeltern, Ajram und Fesoy, eingeprägt hatten - und meinte, Wunder verbringen zu können; Madas Rettung war so ein Wunder. Dass er Erfolg hatte, war nicht schwer zu erraten. Es wussten viele vor und nach ihm, dass vor allem die ungebildeten, süchtigen und unterdrückten Menschen leichter zu beeinflussen waren, weil sie keine Fragen formulieren konnten. Sie aller folgten ihm, wie einem Magneten und waren froh, passende Antworten zu hören.

Ausoy wollte diesen Platz in der Geschichte zurück haben, um bald in Würde zu sterben. Das, was Mada als seine Aufgabe verstand und letztendlich tat, war mehr, als Ausoy je von ihm erwarten würde, aber etwas, was es ermöglichte, den Glauben an einen geistlichen Gott um die menschlichen Heiligen zu erweitern. Dass danach jeder behaupten konnte, dass er von Gott auserwählt wurde und deshalb gehört werden müsste, war die unerwartete Folge dieser Tat. Wenn es einem gelungen war ein paar Anhänger zu finden, welche den psychologischen Methoden folgten und weiter verbreiteten, dann konnte es passieren, dass dadurch eine weitere Glaubensgemeinschaft entstand. Dabei war es enorm wichtig, dass die Antwort auf die Frage, was nach dem Tod geschieht, befreiend genug war, um die Groll Taten des Lebens harmloser erscheinen zu lassen.

Mada verschaffte sich Zugang zu einem mächtigen Mann und überzeugte ihn zu handeln, weil seine Macht angeblich gefährdet war.

„Warum soll ich Ihnen glauben?“, donnerte die Stimme des Mannes, der sichtlich verärgert war, als Mada vor ihm stand und seine Geschichte erzählte.

„Weil Sie ihre Macht brauchen oder wollen sie diese verteilen?“, antwortete Mada.

»Natürlich nicht. Hab genug Widersacher vernichtet« - dachte der Mann, sagte aber laut: „Und was wollen Sie als Bezahlung für ihre Dienste?“

„Nichts“, versicherte Mada, dann fügte er hinzu: „Ich biete ihnen keine Dienste.“

Es überraschte ihn, als er danach ohne Gegenwehr an der Gefolgschaft des Herrschers vorbei gehen und in der Stadt von seinem Glück der Befreiung berichten konnte. Erst ein paar Tage später zerrten ihn Leibwächter wieder zum Palast. Mada wehrte sich nicht, auch wenn die brutale Vorgehensweise überraschend war, als er auf die Knie zu gehen gezwungen wurde.

„Das Volk liebt ihn mehr als mich!“ Der Herrscher ging auf und ab und schien unberechenbar zu sein. Seine Stimme klang rau und müde. Sein Gesicht war rot vor Wut und glänzte, als ob sein Körper die plötzliche Rage für eine langersehnte körperliche Ertüchtigung halten wurde. Er nahm einen Gegenstand und schleuderte ihn in Madas Richtung, der ausweichen konnte. Beim Rückwärtsgehen stolperte er aber über einen auf dem Boden liegenden Mann, der Ausoy ähnlich sah und fiel auf sein rechtes Knie. Als er aufstehen und gehen wollte, weil er sich nicht als Gefangener verstandenen hatte, presste ihn ein Leibwächter zurück.

„Wer ist der Erlöser?!“, fragte der Herrscher Hass erfüllt.

„Ein wahrer Lügner? Ein tatsächlicher Erlöser?“, versuchte Mada provozierend, ohne den Mann auf dem Boden aus den Augen zu verlieren.

„Ich bin der Erlöser! Ich habe die Macht!“, schrie er. Seine Leute packten Mada erneut und schoben ihn aus dem Raum heraus. Ein stummer Schlag versetzte ihn in Ohnmacht.

Plasch, plasch, plasch.

Ein schmerzverzerrter Schrei.

Dann wieder: plasch, plasch, plasch.

Mada öffnete seine Augen. Dunkelheit. Wasser tropfte auf den steinigen Boden neben seinem Ohr. Er wusste nicht wo er war und versuchte seine Pupillen an die Dunkelheit zu gewöhnen. Dann erkannte er Konturen eines zusammen gekrochenen Mannes in der Ecke sitzen.

„Ich ...“, Mada versuchte zu sprechen, aber sein Hals war viel zu trocken, deshalb fing er an zu husten. Der Mann stand schwerfällig auf und reichte ihm Wasser mit einem Holzgefäß.

„Langsam“, sagte er, weil Mada viel zu hastig trank und erneut zu husten begann. Der Mithäftling schaute ihn interessiert an und wartete.

„Ich ...“, versuchte noch mal Mada.

„Ich weiß“, sagte Jasud.

„Aber, ich ...“

„Mach dir keine Sorgen. Wenn das mein Schicksal sein sollte, bin ich bereit dafür“, versicherte er ihm ruhig.

Mada spürte, dass sein Brustkorb sich ausweitete und er verlor vor Schmerzen das Bewusstsein. Ausoys Kopf drängte aus ihm heraus und versuchte Madas Hauthülle zu verlassen, die kurz danach leblos auf den Boden fiel.

„Meine Zeit ist gekommen, nicht wahr?!“

Ausoy hörte diese Worte und suchte den Sprechenden. In einer Ecke, sah er einen verängstigten Mann sitzen.

„Bist du derjenige, den ich erwartet habe?“, fragte er weiter.

„Wen hast du denn erwartet, Jasud?“

„Unseren Schöpfer“, antwortete er unbeeindruckt und hob seine Hände nach oben.

„Nicht doch. Er wird nicht kommen, egal wenn du meinst. Ich bin hier und brauche deine Hilfe.“

„Meine Hilfe?“, wunderte er sich.

Ausoy nahm Madas Hauthülle und sagte bestimmend: „Zieh das an!“

„Nein!“, wehrte sich Jasud.

Ausoy näherte sich ihm. Seine Macht verhinderte, dass Jasud aus dieser prekären Lage entkommen und sich wehren konnte. Dann zog er es ihm über.

„Mada, wach auf!“

Mada öffnete langsam seine Augen. Ausoy neigte sich über ihn und tätschelte mehrmals seine rechte Wange.

„Wach auf!“

Wieder ein leichter Hieb.

„Wo bin ich? Was machst du denn hier?“, fragte Mada und mit gehobener Hand verhinderte er einen weiteren Schlag. Er schaute sich um und suchte nach Anhaltspunkten. Seine Augen fühlten sich schwer an, er war müde und kraftlos.

„Wir haben keine Zeit mehr.“

Moment mal. Wie konnte ich hier sein, wenn ich kurz davor mit Richard gesprochen habe? Oder war es Jasud? Wo ist er?

Die Türe ging auf. Zwei Männer packten Ausoy unter die Arme und schoben ihn aus dem Raum.

„Jetzt bin ich dran", sagte Ausoy leise.

„Mit wem redest du da?", erkundigte sich ein der Männer.

„Mit mir!", sagte Mada selbstsicher.

Ausoy lächelte nur und schüttelte verneinend seinen Kopf. Das Schloss wurde verriegelt und Mada blieb erstaunt stehen, weil ihm klar wurde, dass er unsichtbar war. Er ballte seine Hände zu Fäusten, rannte zur Türe des Kerkers und schlug mehrmals gegen diese. Dann schrie er wütend: „Mach auf!"

Plötzlich entriegelte sich das Schloss wieder. Mada sprang weg, weil er glaubte, dass die Leibwächter ihn nun doch holen wollten, aber zu seiner Überraschung kam niemand hinein. Er schaute vorsichtig in den Korridor. Kein Mensch. Keine Leibwächter. Er suchte den Ausgang und drehte sich nervös nach jedem noch so kleinsten Geräusch um. Als er letztendlich die Sonne sah und nach draußen gelangte, schien seine Lage noch unheimlicher zu werden, weil die Straßen leer waren, wie ausgestorben. Mada ging instinktiv weiter und suchte nach Lebenden. Eine gefühlte halbe Stunde später, kreuzte eine aufgeregte Frau seinen Weg und rannte in eine bestimmte Richtung, als ob sie das Gefühl hätte, etwas zu verpassen. Er folgte ihr und erreichte nach wenigen Minuten einen kleinen Berg, der vor der Stadtmauer lag. Von weitem sah er, dass sich hier praktisch die ganze Stadt versammelte. Er drängte sich durch die Menge nach vorne, als ihn jemand stoppte und sagte: „Du bist zu spät".

Mada war sichtlich überrascht, als er eine Frau mit Richards Aussehen hinter sich bemerkte. Sie wirkte unsicher und machte ein Schritt zurück, aber Mada war zu sehr damit beschäftigt, diese Begegnung einzuordnen, als sie zu attackieren.

„Er ist weg", sagte sie plötzlich.

„Wer ist weg?", fragte er und glaubte im gleichen Moment die richtige Antwort bereits zu kennen.

„Du kennst die Antwort", versicherte Sana ihm.

Kapitel 8:
»Eine gewisse Anpassungsfähigkeit ist oft überlebenswichtig«
Der vermeidbare Fehler

Jeder Mensch könnte ein Fanatiker werden. Die richtigen Umstände, die passende Umgebung und die gewisse Verzweiflung erleichtern jegliche Revolution. Dass eine machtbesessene Person immer mehr Macht bekommt, könnte ein Zeichen dafür sein, wie sehr andere Menschen versklavt sind.

Hätte jeder Reiche den Anstand gehabt, einen kleinen Teil des jährlich erwirtschafteten Vermögens den Armen zu verschenken, würde kein Mensch mehr hungern müssen.

Da aber bekanntlich Geld die Welt regiert und die Macht unausweichlich mit Barem verbunden ist, bleibt diese Ungleichheit bestehen. Wie viele Reiche kommen auf die Idee anonym zu helfen? Diese könnte man auf einer Hand aufzählen. Ohne Eigenwerbung, welche die weiteren wirtschaftlichen Vorteile garantiert, bewegt sich da kaum einer.

Ob es Sinn macht, sich darüber aufzuregen oder ob ein einzelner Mensch etwas verändern könnte, bleibt jedem selbst überlassen. Wie trügerisch die menschlichen Geschicke sein können, haben seit dem Beginn der Menschheit die zahlreichen Tyrannen genug unter Beweis gestellt.

- Was ist eigentlich mit dem nackten Richard passiert, nachdem er im Wald allein gelassen wurde?

Ausoy war zu sehr mit sich selbst beschäftigt, also dachte er nicht darüber nach. Mag sein, dass es ein Fehler war zu glauben, dass es Richard irgendwie nach Hause schafft und aus Scham diesen Vorfall für sich behält. Ausoy kannte keine Vorurteile.

Richard versteckte sich hinter den Bäumen, um mit seinem entblößten Körper kein Ziel für den Spott der Menschen zu werden. Unbewaffnet und somit harmlos, war er auch ein leichtes Ziel für all die wilden Tiere

- Könnte so ein zukünftiger Tyrann aussehen? Ein Mensch, der seine eigene Familie verlassen hat, um der Verantwortung zu entgehen, zwei Kinder zu erziehen. Und das alles, nur um die Unabhängigkeit zu genießen. Was muss geschehen, damit er Menschen verachtet? Reicht es, wenn ihm die Kleidung weggenommen wird? Muss er verletzt werden, um zu verderben?

Richard war froh, dass der Wald ihm genügend Schatten geboten hatte. Er bewegte sich langsam voran. Wenn er jemanden vermutete, blieb er stehen und versuchte vergeblich mit den Bäumen zu verschmelzen. Scharfe Rinden fügten ihm unzählige Schürfwunden zu und die starken Schmerzen machten ihn schwächer.

Er erreichte eine Lichtung, legte sich kraftlos auf die taunasse Wiese und schloss erleichtert die Augen. Dann hörte er leise Stimmen, die aus dem Wald kamen: „Steh auf, steh auf."

Er hob interessiert seinen Kopf und schaute sich um, aber er konnte niemanden sehen. Die Blätter der Bäume bewegten sich und da kam wieder: »Steh auf.«

Richard wunderte sich, warum er nie zuvor die Natur so deutlich hören konnte. »Werde ich verrückt?« - fragte er sich.

Plötzlich näherten sich zwei Gestalten. Er sah sie im letzten Moment, legte sich flach ins Gras und hoffte, nicht entdeckt zu werden. Die beiden waren etwa sechs Meter vor ihm stehen geblieben. Ihre Unterhaltung schien geheimnisvoll zu sein, weil sie trotzt der nahezu ausgestorbenen Gegend sehr leise sprachen. Richard hörte aber die letzten Sätze:

„Ich zeige dir, was du erben wirst. Dann verstehst du es besser", sagte eine bekannte Stimme, aber er kam nicht darauf, wem diese gehörte.

„Ich kann aber auch nein sagen?", fragte die zweite männliche Stimme, diesmal eine unbekannte.

„Ich glaube, dass du das nicht machen wirst. Aber wenn es dich beruhigt: ja, du kannst auch nein sagen. Folge mir zum Tor."

Dann wurde es auf einmal sehr hell und als die Stimmen zu verschwinden schienen, hob Richard vorsichtig seinen Kopf. Mit weit geöffneten Augen starrte er auf einen großen Kreis, mit circa fünf Metern Durchmesser. Aus seinem Inneren leuchtete ein helles Licht und beleuchtete den Wald.

Die beiden waren weit und breit nicht zu sehen und als Richard bemerkte, dass der Kreis sich langsam zuschloss, stand er auf und sprang, wie ein Schnellläufer in seine Richtung. Er erreichte im letzten Moment das Tor und ohne weiteres zu überlegen, ging er hinein.

Die Reise in die fremde Dimension zerstückelte seinen Körper. Er versuchte vergeblich alle Teile beisammen zu halten, was ihm aber nicht gelingen wollte. Der Tunnel, in dem er sich befand, teilte sich mehrmals, aber er wurde wie in einem Sog in eine bestimmte Richtung gesteuert. Eine unsichtbare Kraft schleuderte ihn gegen eine Wand, die sich organisch anfühlte und an eine Nabelschnur erinnerte, weshalb er keine Schmerzen verspürte.

Richard bereute seine Neugier und wollte endlich ankommen und die beiden Männer fragen, was hier los sei. Plötzlich saugte ihn ein winziges Loch in sich hinein. Er kämpfte dagegen, wenigstens glaubte er es zu tun. Als er nach unten schaute, stellte er fest, dass sein Körper nicht existierte und nur sein Kopf durch das Loch gezogen wurde. Seine Augen wurden schwerer und er sah nur noch Schwarz.

Als Richard wieder zu sich kam, lag er erneut auf einer Wiese. Sein Gesicht schien mit einer Art zähflüssigen Schleim überzogen zu sein. Zwecklos versuchte er sich mit hektischen Bewegungen zu befreien. Dann merkte er, dass sein ganzer Körper in einem Kokon eingesperrt war. Zwei Hände griffen nach ihm und nach einer gefühlten Ewigkeit gelang es ihm, einen rettenden Atemzug zu nehmen. Der Helfer schaute sich nervös um, fasste Richard unter die Arme und schob ihn in den nahe gelegenen Wald hinein. Dann verschwand er.

„Hallo!", versuchte er ihn zu stoppen.

„Psst." Ein Mann in Uniform und mit einem Fernrohr in den Händen, lag ein paar Meter entfernt in Lauer-Stellung und brachte ihn mit hektischen Bewegungen zum Schweigen. „Die kommen", fügte der Fremde noch hinzu und beugte sich nach unten.

Richard verstand nicht, was das alles sollte, aber traute sich nicht, sich zu bewegen. Am Himmel erschienen plötzlich zahlreich riesige, schwarze Vögel und sein Nachbar begann mit dem Fernrohr in ihre Richtung zu donnern.

Auf einmal donnerte es aus allen Ecken des Waldes und schwarze Vögel spuckten mit Feuer zurück. Richard konnte es nicht mehr aushalten, Angst überfüllt schaute er sich um und als ein Feuerball seinen Kollegen traf, dieser regungslos liegen blieb, nahm er das Fernrohr des Toten und rannte tief in den Wald hinein. Er spürte nach wenigen Metern, dass sich seine Beine schwer anfühlten und als sich vor ihm ein Mann hinstellte und schrie: „Halt! Halt!", lief Richard weiter und überquerte seinen Körper.

Ein Tunnel? Nein, ein Keller.

Er gewöhnte sich langsam an die Umgebung. Es roch nach Verwesung und Feuchte. Der schmierige Boden, auf dem er lag, war kalt und glänzte vom Schweiß der Gefangenen, die hier wahrscheinlich ihren Tod fanden.

„Wer bist du?“, ertönte eine Stimme in der Dunkelheit.

Richard schaute sich um, konnte aber niemanden sehen. Dann bemerkte er ein schwaches Licht in der Ecke und sah ein Gesicht, das ihm irgendwie bekannt vorkam.

„Wer will das wissen?“, fragte er arrogant.

„Bist du Richard?“

Diese Frage überraschte ihn. Richard verstummte. Er wusste nicht, wie er hierher kam und warum. Der Mann schien mehr zu wissen als er es tat.

„Auf dich habe ich gewartet“, sagte der Fremde weiter.

„Wer bist du? Und woher kennst du mich?“, fragte Richard interessiert.

„Das spielt keine Rolle. Folge mir!“

Mada öffnete die Türe. Für eine kurze Zeit blendete ihn ein grelles Licht und als er sich zu Richard umdrehte, musste er feststellen, dass dieser verschwunden war. Er schloss die Türe wieder.

„Wo warst du?“, fragte ihn Richard.

Mada blieb verstummt stehen.

In dem Augenblick, als Mada die Türe öffnete, verschwand er und wachte erst in einem Schützengraben, dann in einem Flugzeug auf. Mit Richard geschah fast das gleiche, nur das er an einem anderen Ort der Geschichte zu sich gekommen war, seine neu gewonnen Stärken zu nutzen lernte und Zeit genug hatte, um Ausoys Dimension zur eigenen zu krönen und sie nach eigenen Vorstellungen zu verändern.

Zuerst wusste Richard nicht, dass ihm die Überquerung des Tors der Dimensionen gelungen war. Dass dadurch die teledimensionalen Kräfte in ihm aufwachten und seine Reise keinem Gesetz unterstellt worden war, war sehr lange niemandem aufgefallen. So konnte er, ähnlich wie Ausoy und Mada, einzelne Schicksale beliebig verändern und schließlich seine eigene, kranke Dimension erschaffen. Diese hat wiederum, durch ihre Symbiose, die Geschichte der wahren Welt entscheidend verändert. Dabei verfolgte Richard stets ein einziges Ziel: die Lichtkugel für sich zu beanspruchen.

Sich für die Menschen zu opfern, wie es einst Ausoy tat, erwies sich als Unsinn und kam für Richard nicht in Frage. Das Ergebnis der Aufopferung sah er mit eigenen Augen. Man schaffte einen Kult um Ausoy, errichtete Häuser, in denen Gläubige zu ihm beteten, und das alles, um als Teil einer Religion zu gelten, etwas was beliebig, je nach wirtschaftlicher Weltordnung, veränderbar ist. Das wird ihm nicht passieren.

Richard entspannte sich, als er merkte, dass er nicht mehr auf der Wiese lag oder die Schatten des Kellers ertragen musste, sondern mit ein paar uniformierten Männern am reichlich gedeckten Tisch saß. Sein Magen begann laut zu knurren. Alle schauten ihn an. Bevor er etwas sagen konnte, betrat ein Mann den Raum und jeder sprang hoch.

»Er muss der Befehlshaber sein.« - dachte sich Richard und stellte sich ebenfalls auf.

Als kurze Zeit später die Runde angefangen hatte, lautstark zu diskutieren, staunte er, weil ihm aufgefallen war, dass er die unbekannte Sprache verstand und sich fragte, wie dies möglich sein konnte.

Er hörte gebannt zu, was die Männer sagten und vernahm, dass seine Position hoch genug war, um eigene Ideen einzubringen. Die hier Versammelten führten einen Krieg gegen die Welt und stritten sich über die Auswirkungen auf die Menschheit. Das konnte er nicht zulassen. Es gab doch mehr als nur diese Welt.

„Ich weiß, wie wir vorgehen können“, sagte er leise.

Der Mann, den sie Führer nannten, schaute ihn durchbohrend an.

„Und weiter“, sagte er und alle anderen schwiegen.

„Wir brauchen Menschen mit einer kriminellen Ader sowie Spezialisten in Chemie, Biologie, Physik und Psychologie. Dann können wir alle beherrschen“, sagte Richard. Er fragte sich, wie er darauf kommen konnte.

„Was bringt uns das?“, fragte der Führer.

„Die Kriminellen kümmern sich um die Gesetzbefolgung, die Wissenschaftler entwickeln die noch unbekannten Möglichkeiten der Waffen und die Psychologen helfen bei der Unterdrückung der Ungläubigen. Propaganda ist das Stichwort.“

Die Augen des Führers leuchteten, als ob er sich fragen würde, warum ihm das nicht früher eingefallen war. Er bewegte anerkennend seinen Kopf und sagte: „Dich habe ich gesucht.“

Er schaute die anderen an und wartete auf weitere Vorschläge, aber alle schienen so geschockt zu sein, dass sich niemand wagte, etwas hinzu zu fügen.

„Was machen wir mit den Gefangenen?“, Richard versuchte den anderen eine Chance zu geben.

„Straflager“, schlug der Führer vor und entschied weiter:

„Mein Freund hier weiß, wie es geht. Sie kümmern sich darum“, fügte er hinzu und legte die rechte Hand auf Richards Schulter.

Richard genoss seine Stellung in der neuen Gemeinschaft und erkannte schnell, dass er zu den Mächtigsten gehörte. Als er ein paar Tage später mit dem Führer allein sprechen konnte, ergriff er seine Chance.

„Mein Führer“, begann er, wurde aber mit eine Geste gestoppt.

„Thirel.“

„Thirel?“ Richard fragte sich, ob das ein Wort war, welches er nicht kannte oder ein Land, welches noch besetzt werden sollte.

„So nennst du mich, wenn wir allein sind“, kam als Erklärung.

„Verstehe Herr … Thirel.“

„Sag schon, was du sagen wolltest“, sagte der Führer sichtlich genervt. Seine Hände zitterten, weil er einen Verräter vermutete und versuchte sich zu beherrschen, um mehr zu erfahren.

„Thirel, sie suchten die Möglichkeit, alles und jeden zu beherrschen“, begann Richard selbstbewusst.

„Wir suchen!“, unterbrach Thirel.

„Natürlich. Und alles befindet sich vor Eurer Nase. Genau hier, genau jetzt.“

Thirel zeigte, dass er weiter sprechen sollte.

„Die Atome sind die Antwort. Sie zu beherrschen, bringt Ihnen die lang ersehnte Macht“. Richard grinste zufrieden als er fertig war, weil er dachte seinem Ziel viel näher gekommen zu sein.

„Ich muss darüber nachdenken. Du kannst gehen.“ Thirel zeigte mit energischen Handbewegungen, dass er sich entfernen sollte. Tatsächlich aber wurde Thirel klar, dass seine Pläne gegen die Alliierten bekannt waren. Er musste sofort handeln.

Ein paar Hundert Kilometer entfernt, in einem Schutzengraben saß Mada mit ein paar anderen Soldaten. Kurz zuvor war er hier aufgewacht und hielt eine Waffe in seinen Händen.

Das wäre nichts Besonderes, wenn seine Waffe sich von den anderen nicht so stark unterscheiden würde. Seine Schüsse pulverisierten den Gegner. Sie verschwanden restlos, wenn er auf sie gezielt hatte. Im Gefecht war es niemanden aufgefallen, außer einem Reporter der daraufhin ein Foto von ihm schoss. Zu seiner Überraschung war darauf ein alter Mann mit einem schlangenförmigen Stock abgebildet, anstatt eines jungen Soldaten mit der unheimlichen Waffe. Leider konnte der zufällige Fotograf von seiner Entdeckung niemanden berichten, weil ihn eine Feldmine ein paar Stunden später in unzählige Teile zerstückelte, samt Kamera. Kein Mensch sollte je erfahren, dass Mada in dieses Zeitgeschehen nicht rein passte. Er wollte nur alle möglichen Erfinder der zerstörerischen Kraft des Lebens - die Kraft der Atome - zur Strecke bringen, ohne sie unbedingt zu töten.

Mada konnte die Bilder in Ausoys Augen nicht mehr vergessen, als er ihm begegnet war. Ein Bild verfolgte ihn besonders lange: ein Feuerpilz am blauen Himmel, der alles, in rund ein paar hundert Kilometern Entfernung zerstörte. Diese Möglichkeit wollte er der Menschheit vorenthalten. Das Recht der Zerstörung gehörte dem Universum, welches alles erschuf und im entscheidenden Augenblick veränderte.

Ein Kamerablitz eines Reporters blendete Mada. Er fragte sich, warum ein Wesen solches Leid sehen wollen würde. Er öffnete die Augen und erstaunte, als er merkte, dass der Schützengraben durch ein klinisch sauberes Labor ersetzt wurde.

„Meine Theorie bedeutet nicht nur der Tod. Sie kann die Welt entscheidend verändern." Ein Mann mit weißen, wild verfranzten Haaren sprach mit dem Rücken zu ihm.

„Und sie sind?", unterbrach vorsichtig Mada.

„Selten, aber das ist jetzt zweitrangig, weil ich mein Leben am Anfang der Ausdehnung der Zeit gekostet habe und somit wahres Leben erlebte. Suche nach Rabun und zerstöre seine Forschung, dann wirst du deine Welt für eine Weile retten können!"

„Pass auf." Ein Uniformierter stand plötzlich vor Mada und im Schützengraben schien die Hölle ausgebrochen zu sein. Es fielen überall Schüsse, Menschen starben und ein Soldat vor ihm, versuchte einen schützenden Helm auf Madas Kopf zu setzen. Danach beugte er sich tiefer.

„Komm mit!", sagte er und in der gebeugten Position deutete er unmissverständlich, dass Mada ihm folgen sollte.

„Bist du Rabun?" Mada wusste nicht, warum er das fragen musste.

Der Soldat blieb stehen, drehte sich zu ihm und packte ihn an der Kehle. „Was weißt du von Rabun?", schrie er.

„Gar nichts. Ich habe nur von ihm gehört", versuchte Mada ihn zu beruhigen, weil er merkte, dass seine Kräfte nicht funktionierten und er die Zeit nicht anhalten konnte. Als der Griff an seiner Kehle spürbar schwächer wurde, nahm er blitzartig sein Gewehr und feuerte in Richtung des Soldaten.

Die Druckwelle schleuderte ihn nach hinten. Als er sich nach einer Weile umdrehte, weil er einen Aufprall auf die sandig schleimige Wand des Schützengrabens vermisste, sah er einen unendlichen Tunnel, der ihn wie in einen Wirbelsturm hinein zog – unvorhersehbar und beängstigend. Als er kurz darauf in einem Flugzeug aufwachte, glaubte er, alles falsch gemacht zu haben. Aber was hat er übersehen?

Mada war nicht zu spät gekommen. Sein Versagen war vorprogrammiert, weil Richard sich seine atomare Kopie aneignete. Er durfte aber nicht gleichzeitig mit Mada in einer Ebene existieren. Die Aufgabe wurde Richard übertragen, weil seine Position vielversprechender war. Das wiederum führte dazu, dass Mada in einer anderen Zeitschleife zu sich kam und längst in Paris war, als es Thirel gelungen war, Rabun sowie seine Forschung einzunehmen und Richard zum Sprechen zu zwingen.

Aber der Reihe nach:

Die neuen Möglichkeiten, die nahezu mystischen Gefühle und die wundersamen Ereignisse der letzten Tage konnte Richard nicht richtig einordnen. Dass er eine Aufgabe zu erfüllen hatte, bemerkte er erst an einem sommerlichen Juli Tag. Er ging, wie schon seit einer Woche, ins Führerquartier, um die neuen Propagandapläne zu besprechen. Schon als er die Treppe nahm, fiel ihm sein rasant schlagendes Herz auf. Er fasste sich an die Brust und stellte fest, dass er eine Uniform trug, schaute nach unten und erkannte einen breiten Gürtel unter seinem Hemd. Da stand er schon vor einem Soldaten, welcher ihm die Türe öffnete und ihn hinein bat. Richard konnte sich nicht erinnern, in diesem Raum jemals zuvor gewesen zu sein. Seine rechte Hand bewegte sich auf einmal gegen seinen Willen zum Gürtel, öffnete ihn und schleuderte ihn auf den Tisch. Er sprang instinktiv in Richtung des Flurs, bevor hinter ihm sein Sprengstoff explodierte. Dunkelheit überkam seinen Geist.

Thirel lud nur wenige, vertraute Personen ein, die zuerst Zuhörer einer unglaublichen Geschichte wurden und später vor Erstaunen, aufgehört hatten zu existieren.

Nachdem Thirel seine Theorie des Verrates zum Bestem gab, griff er nach einem Messer, sprang auf den, mit Hilfe der zuvor verabreichten Droge, bewusstlosen Richard und stach die Spitze direkt in sein Herz. Dann skalpierte er die gesamte Haut des Opfers und zeigte stolz sein blutverschmiertes Werk – Richards Körperhülle. Ein Zuschauer begann zu erbrechen.

„Weichei", lachte Thirel.

Er zog die Hülle an und begann diabolisch verzerrt zu grinsen. Er fühlte sich sichtlich wohl darin, stellte sich breitbeinig auf, schüttelte sich plötzlich, als ob ihm jemand einen gefrorenen Fisch unter sein Hemd gesteckt hätte - ein kalter Schauer wäre nichts dagegen - und erstaunte alle Zuschauer, als er plötzlich verschwunden war.

Richard schlug wild um sich, was zwecklos erschien. Niemand nahm ihn mehr war, außer er selbst. Er spürte, dass er noch da war und hob seine Hände vom Gesicht, um das zu erkennen: Seine Kraft einen beliebigen Menschen zu überqueren und ihn als Wirt zu benutzen, half ihm diesmal nicht. Die atomare Zusammensetzung seiner Emotionen war bei der Erlösung seiner Körperhülle verloren gegangen. Diese Atome brauchten jene Erkenntnis, um rechtzeitig ein neues Leben im neuen Körper zu finden. Manche Atome gingen leer aus, was letztendlich ihre Erlösung und tatsächlich die Chance war, ein neues und unbekanntes Leben zu erschaffen. Ein Leben, welches nicht mal als solches erkannt wurde, weil derjenige, der es erkennen könnte, die Möglichkeit der Erkenntnis wahrscheinlich nicht einmal kennen würde.

Lange bevor Richard seine Macht abgeben musste, glaubte er beim besten Meister gelernt zu haben – sich selbst. Er schaffte es tatsächlich vor Thirel, eine totalitäre Welt zu erzeugen.

In seine Ebene wurde mit einem Punktesystem alles geregelt. Die zukünftigen Mütter wurden auserwählt, um unter anderem die globale Geburtenrate zu verringern. In einer Familie mit zwei Nachkommen sollte nur eins der Kinder, in der Regel das Erstgeborene, einen Nachkommen bekommen. Ein Einzelkind durfte zwei Nachkommen auf die Welt setzen. Ein Lebewesen konnte kaum unbemerkt das Licht des Lebens erblicken. Gleich nach der Geburt wurden mit einem sogenannten Lifescreen die genetische Merkmale untersucht und registriert. Anschließend erhielt jeder Mensch einen winzigen Chip auf die Netzhaut des rechten Auges, welcher jederzeit geortet werden konnte. Darauf waren alles, auch die Geschichte der Familie, vor allem aber alle Krankheiten und Todesursachen sowie neue Krankheitsverläufe gespeichert. Ein erstgeborenes Kind, beispielsweise von einem als »an Herzkrankheiten Leidenden« registrierten Vater, mit einem neuen zusätzlich festgestellten Leiden, konnte keine Kinder gebären oder zeugen. Dieses wurde sterilisiert.

Die Genforschung war eine fortgeschrittene Wissenschaft, die nach dem Absturz der Religionen als wegweisend anerkannt wurde. Die Welt- und Kirchenpolitik mit ihrer neu entdeckten Liebe, die jedes Lebewesen als Schöpfung Gottes oder als eine unentbehrliche Arbeitskraft sowie wichtigen Rentenzahler angepriesen hatte, verstörte das Gleichgewicht. Mit der Zeit glaubten alle, dass das Ziel des Lebens die Vermehrung sein sollte. Der sichtbare Kollaps begann, als innerhalb von fünfzig Jahren die Zahl der Menschen von vier auf siebzehn Milliarden gestiegen war. Die Fläche der gesamten Erdkugel war gefragt und war kostbarer als je zuvor. Jeder noch so kleinste Winkel wurde für den Anbau, die Viehzucht, die Gewinnung von noch gebliebenen Erdschätzen und Wasser sowie als Wohnfläche gebraucht. Die unzähligen Klimakatastrophen zerstörten fast alle Küstenstaaten. Viele kleine Inseln existierten gar nicht mehr. Die Luftverschmutzung war zum ersten Mal im Weltall sichtbar. Der einst blaue Planet erhielt allmählich den Ruf eines „rauchenden Ballons". Die Weltordnung, in der jeder Mensch sein eigenes Schicksal frei wählen konnte, war nicht mehr tragbar und Richard übernahm das Steuer.

Ihm war bewusst, dass die Ahnungslosigkeit seiner Untertanen besser zu kontrollieren war. Nur diejenigen, die eigene Möglichkeiten nicht kannten, stellten auch keine Fragen. Längst entschied er darüber, was gelehrt, gesprochen oder gedacht wurde, damit nur ein »bewehrtes« Wissen vermittelt wird. Ein Wissen, das ebenfalls kontrollierbar würde und keine Fragen erlaubte. Manche Auserwählten glaubten mehr zu können als die anderen, was sehr trügerisch war. Sie verschwanden spurlos für ein paar Tage und kamen als gute Bürger zurück. Dass sie danach keine Fragen stellten und alles mit sich machen ließen, war Folge ihrer unerwarteten Reise. Was tatsächlich mit ihnen geschah, wusste niemand außer Richard.

Er nutzte seine neugewonnenen Kräfte, um alles und jeden zu beherrschen. Schnell fand er heraus, welche Personen die meiste Macht besaßen und nutzte sie als Wirte aus. Er kannte keine Fehler und wechselte ständig zwischen unterschiedlichen Personen und Dimensionen, um möglichst viel zu erreichen. So kam es dazu, dass es ihm gelungen war, in einer vermeidlich zufällig gewählten Welt eine nicht dagewesene Bedrohung zum wahren Ereignis zu machen. Er brauchte lediglich vier Jahre, um die wichtigsten Regierungen mit seinen auserwählten Leuten zu besetzten. Jeder seiner Wirte wurde zu ihm selbst. Nach einer Weile waren seine Augen überall.

Ein Mönch konnte mit einer besonderen Meditation Richards Vorhaben erkennen. Rein zufällig, während einer spirituellen Sitzung, war es ihm gelungen, die Ebene des Bösen zu erreichen. Einen Ort, wo Richard sein eigenes Reich hatte. Der Gläubige vernahm, dass er es mit einem Dämon zu tun hatte und begann diesen auszutreiben.

Richard entdeckte den Störer. Unter dem Vorwand, dass Menschen im asiatischen Raum die geltende Geburtsregel nicht befolgen, überzeugte er die Weltmächte, diesen Erdteil zu vernichten. Samt des schlauen Mönchs. Er kam seinem Ziel - die Atombombe zu zünden - endlich näher, was auch keine schwere Aufgabe war, weil er fast alle hier lebenden Menschen besaß und auch die Träume des Mönchs durchschauen konnte.

So viele wollten ihn stoppen. Er wehrte sich vehement. Egoismus, eine scharfe Prise an Eloquenz und die ansteckenden Wahnvorstellungen ergänzten sein Profil. Ein despotischer Führer war geboren.

Jetzt war Thirel sein Nachfolger und glaubte, Richards Werk verändern zu können. Wie der Zufall so wollte, war er aber in Ausoys Ebene zu sich gekommen. Richard brauchte Menschen wie Thirel, um eines Tages der Herrscher alle Dimensionen zu werden.

Kapitel 9:
»Die Kampflosen bekämpft man«
Die Erbin der Aufgabe

Als Magdallena wieder aufwachte bemerkte sie, dass es überall um sie herum stockdunkel war. Zuerst wollte sie ihre Augen anfassen, um sich zu vergewissern, dass diese tatsächlich offen waren, stellte aber dann fest, dass sie ihre Arme nicht bewegen konnte. Sie vermutete, dass sie in einem engen Raum oder in einem Graben eingesperrt war.

Dann hörte sie Schritte. Die Holzbretter knarrten. Die Schritte kamen näher. Staubpartikel, die sich auf dem morschen Fußboden angesammelt hatten, verteilten sich über Magdallena. Ihre Nase juckte, aber die Angst war größer als jeder physiologische Instinkt in diesem Moment, weshalb sie das aufkommende Niesen unterdrücken konnte. Jemand stand direkt über ihrem Gesicht. Sie hörte ein schweres Atmen, dann ertönte die laute Stimme ihrer Mutter; die tiefe Tonlage ließ sämtliche Holzbretter zittern.

„Hanna, bring' heißes Wasser mit. Wir kochen sie ein bisschen."

Magdallena erstarrte. Tränen liefen ihr über die verschmutzten Wangen. Alles erschien wie in einem Alptraum.

»Wer sind diese Frauen?« - fragte sie sich.

Hanna absolvierte ihre Ausbildung im Ausland - hieß es -, falls einer gefragt hatte. Ihre Mutter schwärmte bei jeder Gelegenheit von ihrer verreisten Tochter. Angeblich war sie höchst musikalisch, spielte Geige und lernte das Handwerk bei einem Meister. Magdallena musste es jedem so lange bestätigen, bis ihre Mutter sie ebenfalls weg geschickt hatte. Ein möglicher Grund: sie hatte angefangen, die Familiengeschichten infrage zu stellen.

Magdallena wunderte sich immer darüber, was über ihre Schwester erzählt wurde, weil sie Hanna nie Geige spielen sah. Sie erinnerte sich an die Kindheit und wie sie draußen zusammen gespielt hatten.

„Mutter, warum machen wir das?“, hörte sie plötzlich Hanna sprechen. Sie hielt wahrscheinlich einen Eimer in ihrer Hand und stand einen halben Meter hinter dem Türrahmen.

„Hat Sie das wirklich verdient?“, Hannas Stimme kam näher. Beim letzten Wort hatte sie ihr Gesicht offensichtlich auf den Boden gerichtet, weil Magdallena es am lautesten hörte.

„Sie hatten genug Zeit gehabt“, die Antwort ihrer Mutter klang klar und deutlich: „Warum weigern Sie sich, den Weg dahin zu verraten. Warum?! Und die da weiß sowieso nichts darüber, also warum soll ich Sie am Leben lassen und Ihre Mutter nicht?“

»Meine Mutter?!« - Magdallena versteinerte und sagte lautlos: „Oh, mein Gott.“

„Nella kommt nicht zurück. Warum willst du das nicht akzeptieren?“, versuchte Hanna versöhnlich.

»Nella -, diese Name scheint mein Leben zu bestimmen. Nella da Gamma.«

Magdallena erinnerte sich an die Begegnung mit dem Fremden in ihrer Wohnung und daran, dass er Hilfe versprach. Sie fragte sich, wie sie ihn jetzt kontaktieren könnte. Sie begann intensiv nachzudenken und wiederholte leise: Ich brauche dich.

Auf einmal hörte Magdallena einen stumpfen Schlag, dann jemanden auf den Boden fallen. Sie bemerkte den schweren Atem von vorhin, schloss ihre Augen und bereitete sich innerlich auf die heiße Brühe vor, die gleich über sie gegossen werden würde. Hanna war nicht mehr zu hören.

Plötzlich krachten die Holzdielen. Zwei starke Hände griffen nach ihrem Körper. Sie wurde mit einem Jutesack überzogen und zurück auf den Boden geworfen. Ein paar Minuten später hörte sie etwas neben sich fallen. »Hanna?«

„Soll ich die Karre bringen?“, erklang eine männliche Stimme.

Magdallena blieb das Herz stehen. Sie wollte nicht glauben, wen sie gehört hatte. »Lembert?«

„Ja, Mädchen, dein Leben ist eine Show und ich hab die Kontrolle übernommen“, hörte sie die zynische Stimme ihrer vermeintlichen Mutter.

Woher sollte Magdallena gewusst haben, dass Sara die unerwartet ansteigende Spannung in ihrem Körper bemerkte, als Lembert die Frage stellte? Oder, dass Lembert tatsächlich Albert hieß? Magdallena ahnte auch nicht, dass Sara sie hasste, weil sie die einzige Erbin der Aufgabe war und wie Nella aussah, aber diese nicht sein konnte.

Saras richtige Name war Sana Tara da Gamma. Sie war die Erbin des Mannes, welcher dem nackten Ausoy begegnet war und sich als ein ausgezogener Narr dem Schicksal überlassen sah. Wer sollte ahnen, dass Richards Ebene Saras Zuhause war und ihr daraus die Flucht gelungen ist?

Sana war ein Einzelkind und kam Ende der 70er Jahre in einer Stadt namens Psarish auf die Welt. Knapp fünf Jahre zuvor hatte ein despotischer Herrscher die erste Nuklearbombe ausprobiert und die Hälfte des asiatischen Raumes vernichtet. Dass es ihr Vater war, wusste sie nicht.

Dass ihre Mutter Quos in dieser Ebene Ausoys Spiegelbild war und somit sein Parallel-Leben führte, auch nicht.

Quos war eine rassige, bildhübsche und hochintelligente Frau. Sie arbeitete als Sachbearbeiterin für die Regierung in Psarish. Hier fühlte sie sich am wohlsten und konnte unbemerkt die Parallelebene genießen.

Eines Tages wurde sie in das Büro des Bürgermeisters bestellt. Sie war sehr aufgeregt und versuchte nachzuvollziehen, was er von ihr wollen könnte.

„Bitte, kommen Sie rein, Frau …“, Richard suchte nach etwas auf seinem großen Bürotisch.

Quos verlegen: „Da Gamma.“

Erst jetzt spürte sie die Aufregung in sich. Sie war verwundert, dass der Bürgermeister ihren Namen nicht kannte. Gerade mal vor vier Tagen hatten sie das Budget besprochen. Sie duzten sich bereits und jetzt das. »Hat Ausoy seinen Nachfolger bestimmt? Aber dann, warum lebe ich noch?«

Ihr wurde klar, dass sie ihre Sinne schärfen musste, um sich nichts anmerken zu lassen. Sonst könnte er in der Lage sein, ihre Gedanken zu lesen. Sie betrat vielleicht zu vorsichtig den Raum.

Richard war nicht entgangen, dass diese Frau seine Camouflage womöglich erkannte. Bereits seit vier Jahren herrschte er über den europäischen Kontinent und versuchte die Weltmacht zu übernehmen. Ohne Erfolg. Als ob ihn etwas ständig hindern würde. Bis es ihm gelungen war, den Träumen eines Mönchs zu folgen. Dabei konnte er nicht nur die Zukunft, sondern auch die Vergangenheit sehen und seine eigenen Handlungen vorbereiten.

„Ich denke, dass bei einem offiziellen Treffen unsere Beziehung zueinander geheim bleiben sollte“, blaffte er.

Er beobachtete sie und hoffte auf eine Reaktion.

„Ich habe verstanden, Herr Bürgermeister“, sagte sie unbeeindruckt.

Richard war beruhigt. Er wusste, dass sie keine Beziehung führten und aus Bequemlichkeit sich auf das Duzen geeinigt hatten, aber er hoffte, sie zu verwirren.

„Ich wollte die Zahlen sehen“, sagte er und Quos hob vor Verwunderung kurz ihre Augenbrauen.

„Ich habe bereits …“

Sie unterbrach, um doch etwas anders zu sagen: „Die Zahlen liegen schon ihrer Sekretärin vor.“

„Sie zittern. Warum?“, fragte Richard.

Quos spürte, dass sie die Situation langsam überforderte. Sie wagte sich nicht, weitere Frage zu stellen.

„Mir ist kalt“, antworte sie scheinbar unsicher.

Diese Kälte brauchte sie, um die Ebenen rechtzeitig zu wechseln. Das wusste Richard. Er drückte einen Knopf unter seinem Tisch und schloss zuerst die Fenster, dann verriegelte er die Türe.

Seine Sekretärin log nicht, als sie ihm am Tag zuvor erzählte, dass diese Quos irgendwie besondere Fähigkeiten besaß. Er hoffte, die richtige Herrin endlich gefunden zu haben. Deshalb wollte er sie kennenlernen. Dass sie so schnell die passenden Rückschlüsse ziehen konnte, war auch für ihn überraschend. Bevor sie weiter denken konnte, entschloss er sich, ihre Sinne zu beherrschen und überquerte ihren Körper. Er wunderte sich, warum er nicht in der Lage war, im neuen Wirt stecken bleiben zu können, weil er hinter und nicht in ihr stand. Sie drehte sich zu ihm und fragte:

„Warum machen sie das?"

Richard war sichtlich beeindruckt.

„Wer bist du?", wollte er von ihr wissen.

„Und du?", antwortete sie selbstsicher mit einer Gegenfrage.

»Schlaues Mädchen.« - dachte er anerkennend und sagte: „Ich glaube nicht, dass du das verstehen kannst."

Dann griff er überraschend schnell nach ihr, presste sie mit seinem ganzen Gewicht zum Boden und hielt ihren Mund verschlossen, damit sie nicht schreien konnte. Er zog hektisch ihren Rock hoch, entriss ihren Slip und steckte seinen erregten Penis in sie hinein. Sie wehrte sich nicht, lag regungslos da und wartete bis der Angreifer sich befriedigte. Danach zog sie sich wieder an. Richard saß bereits hinter seinem großen Tisch und tat so, als ob er nichts getan hätte, dann sagte er zynisch: „Wir sind fertig."

Wortlos verließ Quos den Raum.

Neun Monate später erblickte Sana die Welt mit ihren großen, blauen Augen und blonden Locken. Quos bemühte sich, ihrer Tochter ein normales Leben zu ermöglichen. Aber es entglitt ihr ständig. Es fühlte sich fremd an, ein ungewolltes Kind zu erziehen. Ein Kind, das nicht leben sollte. Als das Mädchen sechs Jahre alt war, kam Richard mit einer Gefolgschaft von Regierungsmitarbeitern und behauptete, sie hätte das Gesetz gebrochen, weil sie keine Kinder haben durfte. Quos wurde verhaftet und weggesperrt.

Zu Beginn gab er ihr Zeit, die Mutterschaft zu genießen. Als er aber erfuhr, welchen Wert die Nachkommen der Erben hatten und eines Tages zufällig das Kind sah, erhoffte er sich, dieses Wesen benutzen zu können. Die offiziellen Quellen berichteten ein Jahr später, dass Quos an den Folgen Ihrer verbotenen Geburt im Gefängnis verstorben war. Ihr Fall wurde der breiten Öffentlichkeit als Warnung präsentiert.

Richard nahm das Kind bei sich auf und ließ alle Erinnerungen an die Mutter verschwinden. Erst als Sana in die Pubertät kam und immer öfter nach ihrer Herkunft fragte, entschloss er sich, sie auf ein Internat zu schicken. Dort sollte sie auf andere Gedanken kommen und lernen, ihre Macht zu kontrollieren. Ein Jahr später verschwand sie spurlos, was Richard entspannte, weil er sich befreit fühlte. Allerdings ahnte er nicht, was das Mädchen herausgefunden hatte.

Eines Tages, während der Sommerpause, welche Sana immer bei ihrem Vater verbrachte, spielte sie mit ihrer Freundin Verstecken. Dieses Mal verschwand Sana in Richards Büro. Es war riesig, allein sie durfte diesen Raum betreten und nur selten nutzte sie ihren Vorteil aus. Als sie sich an ein Regal lehnte und einen unsichtbaren Knopf drückte, bewegte sich eine Wand hinter ihrem Rücken. Sie erschrak und sprang verängstigt auf die Seite. Plötzlich bewegte sich die Türklinke. Sie erkannte sofort Richard durch den Spalt, der dann aber stehen blieb, weil einer seiner Leute noch eine Frage stellte und ihn stoppte: „Was tun wir, Herr Bürgermeister? Quos ist nicht zu bändigen. Ich glaube, wir müssen sie zur Vernunft bringen“, hörte sie eine Stimme sagen.

„Ja, ja. Ich kümmere mich darum. Noch was?“, fragte Richard.

„Nein. Das war‹s.“

Sana wusste, dass es ihre einzige Chance war, den gleich kommenden Schwierigkeiten zu entgehen. Sie ging in die unbekannten Kellerräume hinein und schloss die Wand hinter sich, die überraschend leicht war. Ein bitterkalter Wind machte sich bemerkbar, sie bekam sofort Gänsehaut. Wäre es besser, ihr Versteck aufzugeben und ihren Fund Richard zu gestehen? Bevor sie sich entschied, ging die Wand auf und im letzten Moment gelang es ihr, sich auf den kalten Boden zu legen und sich klein zu machen. Zum Glück hatte Richard keine Ahnung, dass sie hier war und machte seine Taschenlampe erst an, als er den Treppenaufgang erreichte, weshalb sie unentdeckt liegenblieb. Sie wartete kurz und verfolgte ihn in sicherer Entfernung. Seine Bewegungen waren schnell und passten nicht zu seinem Alter. Sie verlor ihn nach einer Weile, weil das Licht plötzlich verschwand. Ein beißender, mit schwerer Luft vermischter, Geruch machte sie langsamer, aber sie ging blind weiter.

„Hallo!“, hörte sie plötzlich hinter einer Wand. Sie blieb stehen und wartete.

„Hallo!“, kam wieder.

„Wer ist da?“, fragte sie leise. Ihr Herz klopfte wie verrückt und übertönte all ihre Sinne.

„Helfen sie uns!“, bettelte jemand mit schwacher Stimme.

„Wer seid ihr?“, Sana hatte Angst. Richard war noch in der Nähe. Man konnte ihn spüren.

„Wir sind verboten.“

»Verboten?« - sie konnte es nicht verstehen.

„ Das ist nicht möglich“, sagte sie.

„ Bist du Sana?“

Sie erstarrte: »Woher wissen die, wie ich heiße?«

„Ja, die bin ich. Warum?“, fragte sie interessiert.

„ Ich bin Quos, Deine Mutter“, erklang vertraut in der Dunkelheit.

»Nein, nein, das kann nicht sein. Das ist eine Lüge! Meine Mutter ist bei meiner Geburt gestorben.« - dachte sie.

„Hallo? Bist du noch da?“, ertönte es wieder.

Sana konnte sich nicht bewegen. Ihre Stimme war weg. Dann hörte sie Richard sprechen: „Mit wem redest du?", fragte er.

„Mit niemandem", sagte Quos, dann fügte sie hinzu: „Was hast du mit Sana gemacht?"

„Halt die Schnauze!", kam als Antwort.

»Er befindet sich dort, wo die Stimme eingesperrt ist. Der Eingang muss also auf der anderen Seite sein«, überlegte sich Sana. Dann hörte sie einen dumpfen Schlag.

„Wenn du noch einmal nach ihr fragst, bist du tot!", schrie Richard.

„Sie ist auch meine Tochter", sagte Quos schmerzverzerrt.

„Noch ein Wort!!!", Richard schien sich nicht mehr bändigen zu können. Er musste sie gepackt und angefangen haben sie zu würgen, weil Sana nur noch keuchende Geräusche vernahm.

Sie fing an zu rennen, um den Eingang zu finden, aber schon nach ein paar Metern lief sie gegen eine Wand und fiel lautstark auf dem Boden. Sie verlor das Bewusstsein.

„Sana...Sana...Sana", Quos rief nach ihr, aber sie konnte nicht antworten, weil die Wörter zu weit entfernt schienen.

Langsam öffnete sie ihre Augen. Dunkelheit. Ihr Kopf schmerzte. Sie fasste die Stelle an, die am meisten weh tat und spürte, dass ihre Haare feucht waren, vermutlich vor Blut.

„Sana? Bist du noch da?", erklang die bekannte Stimme hinter der Wand.

Sana versuchte aufzustehen, aber ihr war zu schwindlig. Deshalb entschied sie sich zu krabbeln. Der Boden unter ihr fühlte sich schmierig an und ihre Hände schienen darin stecken zu bleiben.

„Wo bin ich?", fragte sie schwach, den Tränen nahe.

„Beruhige dich, meine Kleine. Du musst jetzt stark sein!“, Quos machte eine Pause, dann sprach sie weiter: „Wir leben in einer nicht existierenden Welt. Hier sind wir in Richards Welt und seinen Vorstellungen von uns.“

„Das verstehe ich nicht“, sagte Sana.

„Du musst jeden, der diese Welt weiter leben lässt, stoppen“.

„Bin ich tot?“, fragte Sana unruhig.

„Nein, du glaubst, dass du lebst. Wir alle glauben es, aber es ist nicht war. Finde Ausoy und bringe ihn zur Strecke“.

„Wie soll ich das machen? Warum? Ich will doch leben“. Verzweifelt fing sie an zu weinen.

„Wann hast du das letzte Mal in den Spiegel geschaut?“

„Was?“, Sana verstand die Frage nicht.

„Du existierst nicht. Ich auch nicht. Wir haben kein Spiegelbild.“

„Und wie bin ich auf die Welt gekommen?“

„Du bist die Vorstellung vom Leben. Hast du dich gefragt, was dein Chip im Auge bedeutet?“

Quos wartete auf die Antwort. Sana fasste sich wieder und fragte: „Wer hat dich gewürgt, Richard oder wer? Also was soll das?“

Sanas Unwissenheit war offensichtlich.

„Richard weiß, dass du hier bist. Er weiß alles, sogar das, dass ich mit dir spreche. Er kann das jederzeit stoppen, aber er tut es nicht. Was denkst du warum?“, versuchte Quos versöhnlich.

„Woher soll ich das wissen?“, fragte Sana verärgert.

„Nimm deinen Chip heraus und schaue nach“, schlug Quos ihr vor.

„Der ist doch eingepflanzt.“

„Nein, das stimmt nicht.“

Sana holte das Teil heraus. Plötzlich wurde alles schwarz vor ihren Augen. Sie sagte verängstigt: „Ich bin blind!“

„Nein, das bist du nicht. Geh zum Licht“, versicherte Quos.

„Ich sehe gar kein Licht.“

„Sana!“, eine andere Stimme rief nach ihr in der Dunkelheit.

„Wer ist da?“, fragte sie erschrocken.

„Nella“, eine weibliche Stimme antwortete.

„Und Hanna“, erklang eine kindliche Mädchenstimme.

Aus einem unerklärlichen Grund wusste Sana, dass ihre Mutter längst woanders war, fragte dennoch in die Ferne:

„Quos? Mutter?“ Keine Antwort. Sie wollte noch so viele Fragen stellen und fühlte sich plötzlich allein gelassen.

„Mama?“, ertönte es wieder.

Sana spürte, wie ein Schauer durch ihren Körper wandelte, aber sie ließ sich nichts anmerken. Erst als ihr klar wurde, dass sie mit zwei Kindern auf einer sich selbständig bewegenden Treppe stand und dann etwas in ihrer Handtasche rasselte, sie das Teil selbstbewusst rausholte und sagte: »Hallo, Anna Damonds.«, - wusste sie, weshalb ihr so kalt war. Sie war nicht mehr sie selbst. Eine Stimme presste die Wörter aus ihr heraus: „Achtung Maggie.“

Die Kälte wurde immer schlimmer. Sie hatte das Gefühl, kurz vor dem Erfrieren zu stehen. Die Welt schien ein dunkler Tunnel zu sein, in dem die Menschen nur noch verschwommen waren. Alles, was aus Atomen bestand, war dunkelgrau oder schwarz. Der Mann und die Kleine, die sie angesprochen hatte, waren hell weiß. Sie nahm die beiden Mädchen und folgte Mada. Als sie ihn in einem Haus an der Rue de Honoré verschwinden sah, geschah etwas, was jeden normalen Menschen zu

Tode erschreckt hätte. Sie und die beiden Kleinen zogen buchstäblich ihre Hauthüllen aus. Die Welt vor ihnen wurde klarer. Sie erkannte Nella und Hanna. Die drei leblosen Hauthüllen lösten sich in Luft auf. Sie sagte, dass sie gleich zurückkommen werde und ging in das Gebäude hinein. Plötzlich stand sie zwischen vielen gackernden Menschen vor einem Hügel und schaute auf einen blutenden Mann, der an einem tiefsteckenden Kreuz an den Handgelenken genagelt hing. Die schaulustige Masse bewegte sich ständig und Sana wurde nach hinten gedrängt. Dann erkannte sie ihn, Mada, dem Mann dem sie folgte. Er versuchte nach vorne zu gelangen. Sie stoppte ihn und sagte: „Du bist zu spät."

Er schaute sie verärgert an, dann interessiert, als ob Sana ihm bekannt vorkam. Sein Blick machte sie unsicher und sie ging einen Schritt zurück. Dann fügte sie hinzu: „Er ist weg."

„Wer ist weg?", kam aus ihm geschossen.

Sie wunderte sich über diese Frage, sah aber in seinen Augen die Antwort, welche wie ein Lichtblitz ihre Lippen erreichte: „Du kennst die Antwort", erklang ihre Stimme und im gleichen Moment hörte sie hinter ihrem Rücken eine sich schließende Eingangstüre. Sie drehte sich um und stellte fest, dass sie wieder vor dem Haus an der Rue de Honoré stand. Die schaulustige Masse ersetzte gewöhnliche Passanten. Dann sah sie die beiden verängstigten Mädchen, welche an diese Schnelligkeit des Lebens nicht gewöhnt waren, in ihre Richtung laufen. Sie erzählten etwas mit weit aufgerissenen Augen, aber Sana verstand nichts. Nella griff nach ihrer Hand und steuerte sie durch die Menge zu ihrem vorherigen Versteck. Etwa drei Meter davor stoppte sie und sagte: „Da sind sie wieder". Sie zeigte auf eine leere Stelle. Sana war froh, dass sie wenigstens ihre Wörter hören konnte.

„Wer ist da?", fragte sie.

„Na, die! Siehst Du sie nicht? Sie rufen nach uns“, erklärte Hanna leise und bewegte sich ein paar Schritte nach vorne, um dann die Luft vor ihr anzufassen.

Um ihren Finger bildeten sich Wellen, so als ob ein Stein ins Wasser hinein plumpst. Sana konnte nicht sehen, dass auf der anderen Seite Hannas Finger vom Finger der zuvor verlassenen Hauthülle berührt wurde. Unbekümmert durchquerte sie diese für sie unsichtbare Wand und fragte lächelnd: „Wo …?“, dann unterbrach sie plötzlich, weil sie erst jetzt ihren leblosen Körper wie in einem Spiegelbild bemerkte. Lange nachdenken konnte sie nicht. Ihre Umgebung zersetzte sich wieder in grauschwarze Farben und die Sicht wurde erschwert.

„Wo sind sie? Zeig‹ es mir!“

Hanna zeigte vor sich, aber da lag nichts, was Sana sehen konnte. Sie drehte sich um und erstarrte, als sie Magdallenas Hauthülle erkannte. Die Position entsprach der von Nella. Es war das Einzige was sie sah. Entschlossen ging sie dahin, hob die Körperreste auf und bewegte sich zurück zu den Mädchen. Die Bilder vor ihren Augen wurden klarer. Die beiden schauten sie verängstigt an, weil sie jetzt in Sanas Armen die gespenstig wirkende Magdallena sahen. Sana hielt ihre leeren Arme hoch und nur das war für sie und die Passanten sichtbar. Erneut bat sie die beiden, draußen zu warten, bevor sie in das Haus in der Rue de Honorè zurückging. Dort, wo sie versuchte Mada besser kennenzulernen, Henrick zu ihrem ersten Wirt machte und Magdallenas Körper vergrub. Wo auch die Idee entstand, für Nella einen Ersatz zu finden.

»Ich muss mich nur kurz hinlegen.« - dachte sie und tat es gleich, als sie das Grab zuschloss.

„ Mama?“

Sana wusste nicht, ob es ein Déjà vu war, weil ein Schauer ihren Körper erneut durchwanderte.

„Ja?“, fragte sie noch sichtlich benommen. Sie spürte, dass sie wieder bei sich war.

„Bevor wir Dich gefunden haben, hat eine Frau uns das hier gegeben“, erklärte Nella. Sie hielt ein Brief in ihren Händen.

»Meine Kleine,

Du bist Besonders, wie diese beiden Kinder auch. Ihr könnt die hier lebenden Menschen davor bewahren, ein Gebilde des krankhaften Richards zu sein oder zu werden.

Du musst das Tor der Dimensionen durchqueren und ihren Wächter warnen. Ihr müsstet alle, die unsere Welt weiter leben lassen, finden und ihre Taten vernichten.

Du wirst rausfinden, wie das geht. Ich kann Dir dabei nicht helfen. Aus Angst, dass Richard davon erfährt. Er hat mich mehrmals umgebracht und ich wachte immer wieder auf.

Beeil‹ Dich! Denke nicht darüber nach, was Du kannst oder willst, weil das alles nicht von Dir abhängt, sondern von Anderen bereits vorgeschrieben wurde.

Ich denke an Dich.

Deine Quos«.

Sana ignorierte die warnenden Wörter ihrer Mutter. Sie glaubte, ihr Leben selbst gestalten zu können. Vielleicht ist sie mehr Richard als

Quos geworden und deshalb machtbesessener. Erst mit Madas Hilfe, als sie ihm folgte, erfuhr sie, wer sie tatsächlich sein konnte. Zuerst waren sie und die Mädchen nur seine Begleiterinnen, aber sie konnte rein zufällig für eine kurze Zeit Anna Damonds sein und dabei Magdallenas Kräfte kennen lernen. Später leuchtete ihr ein, dass sie in jeder Dimension einen Wirt brauchte und diesen beliebig ausnutzen konnte. Saras Leben und ihre Familie eigneten sich perfekt dafür. Hier genoss sie vollkommen ihre Mutterrolle, die ihr in Richards Welt nicht vergönnt war.

»Mada sucht die Erbin und ich kann ihn stoppen. Ich werde diese Welt nicht verlassen und er wird hier ebenfalls bleiben müssen.« - dachte Sana, als sie für Nella endlich einen Ersatz gefunden hatte und Richard die drei Ausreißerinnen nicht mehr auffallen konnten. Allmählich wollte sie vergessen, dass sie mal Sana hieß und nannte sich nur noch Sara.

Als eines Tages Klara, Saras ältere Schwester vor ihrer Türe stand und auf Familie machte, dachte sie, dass ihr Versteck aufgeflogen war. Woher sollte sie gewusst haben, dass sie bereits lebte und längst gestorben war? Dann aber lernte sie Albert kennen, Klaras einzigen Sohn und ihr kam schnell die Idee, wie sie alle zum Schweigen bringen konnte. Vor allem mit Klara, die ihre Camouflage durchschaute und sie mit Fragen aus der Vergangenheit durchbohrte, kam sie nicht klar.

Klara verstarb, als sie vom Missbrauch an ihrem Sohn erfuhr. Übrigens Saras perfekte Inszenierung. Dass Klara auf Aufnahme von jeglicher Nahrung und Flüssigkeiten verzichtete und nach vier Monaten ihr Tod folgte, war eindeutig ihre eigene Schuld, glaubte Sara. Albert wurde bis zum Ende des Prozesses in eine Pflegefamilie gesteckt.

Zu dieser Zeit lebte Sara allein mit den Mädchen. Sie verfolgte den Prozess bis zum Urteil und fand die Gelegenheit, mit Albert zu sprechen.

„Der Junge sieht nicht übel aus. Mit seinen weichen Konturen, meerblauen Augen und hellblonden, schulterlangen Locken könnte er jede Frau haben. Da er ein Dorfjunge war, könnte er auch zu packen. Ob Sara für ihn eine Verwendung hätte? Schon möglich." - dachte sie genüsslich. Sara wusste, dass sie damit schon gewonnen hatte.

Albert blieb nur zwei Monate bei ihr und versprach sich zu melden, als er unerwartet weg ging. Tat es aber erst, als Nella verschwand. Sara brauchte ihn wieder. Er war aber nicht mehr er selbst. Das übersah sie.

Saras Vorzeige-Tochter Nella verschwand spurlos. Kurios dabei: am gleichen Tag ließ sie auch ihr Mann Chardir stehen. Da es aber zum wiederholten Mal geschah, war sie damals wenig beeindruckt.

Nach vielen Wochen ohne einen Lebenszeichen von den beiden, öffnete sie die Türe zu Nellas Zimmer und erschrak. Die schrägen, abwechselnd schwarz-roten aufgeklebten Zeitungsbahnen dienten als Tapete. Mitten im Raum stand ein rundes, schwarz bezogenes Bett. Alles andere war hinter Vorhängen versteckt, die ebenfalls rund um die Mitte in etwa zwei Meter Entfernung vom Bett aufgehängt waren; die Türen sowie Fensterrahmen innen in glänzendem Schwarz gestrichen. Auf dem Fußboden lag ein rabenschwarzer Teppich. Als Sara die überdimensionale, auf der Decke aufgemalte Spinne im Netz betrachtete, stolperte sie über einen Gegenstand. Nellas Geigenkoffer fiel zu Boden. Der Deckel öffnete sich und aus dem Innenraum flog zuerst ein weißer Zettel, dann die Geige. Sara nahm das Papier, faltete es auseinander und begann zu lesen. Sie erkannte Nellas Handschrift und ihr Gesicht wurde blass.

»Ihr Lieben,

ich habe zufällig mehr vom Leben erfahren, als ich mir je erträumt hätte. Ich gehöre nicht hierher. Damonds wissen, wie ich an mein Ziel kommen kann, also werde ich ihnen folgen und Magdallena sein.

Vermisst mich nicht!

Nella.«

„Mama?!“, Sara hörte, dass Hanna sie suchte.

Sie faltete den Brief zusammen und steckte ihn in ihre Hosentasche. Sie hob den Geigen Koffer vom Boden, schaute sich erneut um und verließ das Zimmer.

„Mama, du wirst nicht glauben ...“

»Sie hat mich gefunden« - dachte Sara.

Hanna stand direkt vor ihr und schaute verunsichert auf den Koffer, aber dann entschied sie sich, ihre Neuigkeit mitzuteilen.

„Albert hat Nella gefunden. Sie stehen unten“, sagte sie in die Hände klatschend.

„Gefunden“, Sara fragte nicht, sondern stellte es mehr fest.

»Warum kam sie zurück?« - fragte sie sich. Sie grinste leicht und hob gleichzeitig interessiert ihre Augenbrauen. »Wie konnte Nella unten sein, wenn sie doch weg war?«

Sie folgte gespannt nach unten, weil sie die Antwort sehen wollte. Albert stand vor dem Treppenaufgang und schaute ungeduldig nach oben. Sara beeilte sich nicht, weil sie Angst hatte, zu viel von Nella erfahren zu haben - falls Nella tatsächlich von Albert gefunden worden war. Sie stoppte kurz, als sie das Mädchen sah.

»Mein Kind!« - das Gefühl konnte sie nicht täuschen.

Sie nahm die letzten Stufen und umarmte ihre Kleine. Hanna klatschte fröhlich, Albert war gerührt und Sara versuchte mit geschlossenen Augen diesen Moment zu genießen. Aber eine Mutter spürt ihr Kind, ähnlich wie ein Neugeborenes seine eigenen Eltern spüren kann. Sie befreite plötzlich, fast angewidert, das Mädchen aus ihrer Umarmung und sagte ruhig: „Albert, kannst du Wein aus dem Keller holen?"

Albert schaute fragend. Sie fügte regungslos hinzu: „Chateau la Garde, steht unten auf dem rechten Regal."

Er ging wortlos in den Keller.

„Hanna, du kannst weiter packen."

Sara erwartete keine Widerrede und zeigte auf den Treppenaufgang; deshalb übersah sie Hannas Tränen und wie sie zögernd die Stufen hoch lief.

„Jetzt zu dir Kleines", sie nahm die Hände des Mädchens: „Ich weiß nicht, wer dich zu mir geschickt hat. Ich vermute, dass du Magdallena heißt."

Das Kind hob zum ersten Mal den Kopf und schaute sie sichtlich erleichtert an.

Sara war so besessen, Nella zu finden, dass sie alles und jeden missachtete. Durch Hanna konnte sie ihre Mutterrolle nicht ausleben. Das wusste sie längst. Sie wünschte sich, dass diese so talentiert wäre, wie Nella es einst war. Aber Magdallena könnte vielleicht nützlicher sein. Ihr blieb nichts anderes übrig, als Hanna weg zu schicken. Nellas Geige musste verschwinden, um die Erinnerung an sie zu verdrängen. Hanna sollte ihren Wunsch erfüllen.

Am nächsten Tag begleitete Sara ihre Tochter Hanna zum Bahnhof. Es regnete in Strömen und ein tief hängender Himmel verdunkelte die halb stehende Sonne. Sara sprach nicht viel und versuchte ihre Rolle in der Geschichte zu verstehen. Sie dachte, dass sie verraten wurde, aber sie wusste nicht von wem. Als sie mit der kleinen Magdallena und Albert allein geblieben war und Hanna keine Fragen mehr stellte, konnte sie sich leichter einen Plan ausdenken. Ihr war nicht klar, wie Nella von all dem erfahren konnte. Sara versuchte doch ihr Leben möglichst normal zu gestalten und zerstörte jeden und alles, was sie aufdecken konnte.

„Was ist los?“, fragte Albert.

Er hatte sie noch nie so aufgeregt gesehen. Sie lächelte ihn an und sagte: „Alles bestens, warum?“

„Du bist irgendwie anders drauf als sonst“, stellte er fest.

„Wie? Anders.“

„Ich weiß nicht.“

„Dann hör‹ auf, Dir Gedanken zu machen. Mit mir ist alles in Ordnung“, sagte sie sichtlich genervt. Wie konnte sie so dumm sein? Als ihr gelungen war, Richards Ebene zu verlassen, fand sie die beiden Mädchen - Nella und Hanna (beziehungsweise, sie haben Sana gefunden). Offiziell waren sie im Kinderlager eingesperrt worden, weil ihre Eltern die geltende Geburtsregel nicht befolgten und sich widersetzten - zwei nicht registrierte Kinder erblickten die falsche Welt.

Nella oder Hanna waren leicht beeinflussbar, weil sie auf Sara angewiesen waren, aber Magdallena war anders. Zuerst sperrte sie das Kind im Keller ein, wie sie es mit beiden Mädchen ein paar Jahre zuvor ebenfalls tat. Mit einer speziellen Mischung aus halluzinogenen Mitteln, kreierte sie neue Erlebnisse und schaffte es, die alten auszuwaschen. Saras

Methode der Gehirnwäsche funktionierte bei jedem, auch bei Albert. So gewann sie immer mehr an Zeit und dachte, dass sie jeden austricksen konnte.

Aber es war egal, welche Mittel sie verwendete oder wie lange sie die Kleine einsperrte; das Gehirn des Mädchens erneuerte sich von selbst. Was viel schlimmer war: Magdallenas Erinnerungen konnten in der Zwischenwelt als freie Atome schweben und Saras Versteck verraten. Sie hatte noch Albert. Unter dem Decknamen Lembert, verfolgte er Magdallenas Schritte, als diese ihrer falschen Mutter den Rücken zeigte, weil sie angeblich von Chardir vergewaltigt wurde.

Richards verstreute Atome warteten lange auf ihre Möglichkeit. Normalerweise wäre diese Wartezeit unendlich gewesen. Aber als Nella das Tor der Dimensionen erreichte und ihm von Magdallena erzählte, wusste er, wie er die Geschehnisse mitbestimmen konnte. Albert war ein guter Wirt für sein Vorhaben und Sara blind genug, um ihn nicht zu erkennen.

Als Magdallena ihr vermeintliches Heimatdorf besuchte, um ihre, wie sie hoffte, Mutter zu segnen, begegnete sie erneut Richard. Sie ahnte nicht, dass er auch Lembert war und ihr Kind entführte. Er brachte sie um und vergrub sie dort, wo die Lichtkugel ihr Ziel finden musste, falls die Geschichte von vorne beginnen sollte.

Die Welt steuerte auf eine unausweichliche Zerstörung hin, weil Richard die Rückkehr des Torwächters verhinderte. Diese Wahrheit hätte ihn kaum von seinem Weg abgebracht. Das Wichtigste für ihn war, dass die Torwächter ihre Aufgaben nicht erfüllten. Er glaubte, nur dadurch seiner Dimension wieder begegnen zu können.

Kapitel 10:
„Die stets Gebende gehen leer aus“
Die freiwillige Ablösung

Die Partygäste konnte Mada leicht zum Schweigen bringen, was sich aber schnell als keine so gute Lösung erwies. Sie waren keine realen Personen, sondern die billigen Projektionen. Erschaffen, um ein irreales Bild zu füllen. Mada folgte Vanessa - seiner einzigen Verbindung zur realen Welt. Die Marmortreppen, die er genommen hatte, schienen hinter ihm zu Sand zu zerfallen, als ob seine Taten alles beenden könnten. Die Zeit, die ein Schritt hinter ihm lag, war bereits geschehen und konnte offensichtlich für niemanden mehr erneut vergehen.

Er fand den Ausgang, öffnete die Türe und erstarrte, als er die Welt vor sich sah: Ein einzig Welt umfassender Vulkan, mit tiefen, bis zum Erdkern reichenden, Schluchten und schmalen Pfaden dazwischen, lag vor ihm. Auf einer lavafreien Insel, etwa hundert Meter entfernt, erkannte er Vanessa. Er rief nach ihr, aber sie stand nur da, regungslos, mit dem Rücken zu ihm. Mada versuchte zwischen die Schluchten zu springen, um sie zu erreichen und war überrascht, wie leicht es war.

„Da bist du ja“, kam es erleichtert aus ihm heraus. Er fasste Vanessa an und spürte eine Windböe, als sie verschwand. Auf einmal bekam er starke Bauchschmerzen, dann sah er eine kopflose Schlange, die von unten zu ihm hoch kroch. Sein Bauchnabel fing an zu brennen. Die Schlange suchte nach ihm. Mada legte sich auf den Bauch und sie verschwand. Er sah ihr nach.

In den Schluchten, verbunden durch eine Art Nabelschnur mit dem übrig gebliebenen Erdkern, schwebten Menschen. Die Komparsen oder Haupt- und Nebendarsteller der projizierten Dimensionen auf der längst zerstörten Erdoberfläche. Richards Welt kollidierte mit der Ausoys, weil sie nur seinem egozentrischen Willen – die Welt neu zu erschaffen – folgten, kompromisslos oder skrupellos. Das Licht ihrer Existenz war kaum mehr zu sehen. Alle anderen sahen aus wie ausgetrocknete Pflaumen. Als ob ihre Existenzen ausgesaugt wurden. Nur noch ein Strang suchte nach der Verbindung und schien der einzig Lebende zu sein. Mada war nicht bereit seine Welt, wie wir sie kennen, überraschend und zerstörerisch zu gleich, so leicht aufzugeben. Nur noch Magdallena konnte ihn retten, bevor seine Projektion ausgelöscht und er zum Komparsen degradiert werde.

Mada schloss seine Augen und versetzte sich zurück in das Gebäude, welches er kurz zuvor verließ - Nellas Wohnhaus. Er wusste, dass ihm wenig Zeit blieb. Seine Welt verschwand langsam. Die letzte Chance.

Verdammt! Verdammt! Verdammt!

Mada war stinksauer, als er feststellte, dass die Eingangstüre verriegelt war.

„Wie viele Ausreißer gibt es noch? All diese Profitjunkies haben keine Ahnung. Sie bringen das Gleichgewicht durcheinander und verhindern den Übergang zum neuerschaffenen Leben. Hat Ausoy gewusst, dass er nicht allein war und für die Nachkommen Richards sorgte?“ - fragte sich Mada. „Vielleicht sollten alle nicht überleben. Aber wie konnte Nella der Zwischenwelt entkommen sein und eine eigene Projektion erschaffen haben? Hatten Richard und Sara diese Chance ebenfalls gehabt? Irgendjemand verhinderte schon lange mein Ziel. Ist es einer von ihnen?“

Die Antworten konnten nur in Nellas Wohnung zu finden sein und nicht, wie er dachte, in der seinen. Er drückte erneut auf die Türklinke und diesmal bewegte sich der Schnäpper. Er ging die Marmortreppe hoch, welche erstaunlicherweise den vorausgegangenen Zerfall überstanden haben.

Mada hatte auch keine Mühe gehabt, Nellas Wohnung zu betreten. Er nutzte eine alte Scheckkarte. Weil das Schloss nicht verriegelt war, gab es schnell nach. Sein Glück: sie besaß keine Wohnungssoftware. Schon bei der Party war ihm dies aufgefallen. Nella nutzte eine altmodische Fernbedienung, was in ihrem Alter nahezu niemand mehr machte. Die Nachteile waren offensichtlich. Er konnte problemlos in ihre Wohnung einbrechen und musste sich nicht identifizieren. In dieser Wohnung war etwas, was entscheidend sein müsste.

Er setzte sich auf ein Sofa, nahm alle Fernbedienungen an sich und begann alle Knöpfe auszuprobieren: Mal kam aus der Wand ein Segment mit einem darauf abgelichteten Gegenstand, der dem Raum zusätzliche Schatten bescherte. Mal überraschte ihn ein merkwürdiger Ton, welcher aus der Wand kam und wieder verschwand, als er anfing nach diesem zu suchen.

Er stellte sich wieder und seufzend, mit nach oben ausgestreckten Armen, ließ er sich nach hinten auf das Sofa fallen. Sein rechter Fuß stieß dabei den Couchtisch an und aus der darauf stehenden Schale fiel eine Kugel heraus und rollte unter das Sofa. Dann, wie in einem Billardtisch, hörte er sie unter der Bodenfläche wegrollen. Mada beugte sich vor, verfolgte den Verlauf des rieselnden Tons und wartete ab, was als Nächstes geschehen werde.

Das Kreissegment unter ihm bewegte sich leise um 90 Grad nach links. Um den Kreis herum kam aus dem Boden ein grelles Licht heraus und strahlte die Decke an. Mada hob seinen Kopf und betrachtete mit interessiertem Blick die darauf erschienene Aufschrift Door. Er erinnerte sich, dass die Buchstaben die Richtung zeigten, also schaute er diesen entlang bis zur Wand. Nichts.

„Was soll das?!", brach es laut aus ihm heraus, als er aufzustehen versuchte.

„Ich brauche dich!" Er hörte eine weibliche Stimme und blieb stumm stehen.

Nach einer Weile entschloss er sich, eine weitere Kugel unter dem Sofa verschwinden zu lassen, weil er die Quelle der Stimme nicht finden konnte. Als die Kugel ihren Endpunkt erreicht hatte, erhob sich der Couchtisch auf eine Plattform vor ihm und ließ ihn vor Erstaunen auf das Sofa zurück fallen. Er bemerkte erst jetzt eine Stange mit einer Art Kurbel darunter. Die ganze Metallfläche war blutig verschmiert. Mada sah aber keine andere Möglichkeit. Er drehte an der Kurbel und das Kreissegment bewegte sich erneut nach links. Als ein quietschender Ton den Raum durchhallte, hörte er auf zu drehen. Er schaute sich um, aber alles schien in Ordnung zu sein.

Plötzlich lösten sich die Ketten an der Decke und die Schlafplattform samt Bett krachte lautstark auf den Holzboden. Der Kreis, auf dem Mada stand, verschob sich um etwa vierzig Zentimeter nach oben und aus der dadurch entstandenen Spalte kam ein noch helleres Licht heraus.

Er näherte sich der Spalte, aber die Strahlen blendeten ihn so stark, dass er gezwungen war das Unbekannte mit geschlossenen Augen zu erfassen. Er hörte auf, als er die menschlichen Körperteile darin ertastete. Mada öffnete vorsichtig seine Augen:

„Magdallena!", sichtlich erleichtert, als er sie erkannte.

Mada reichte ihr die Hand, aber das Mädchen war viel zu schwach und schien verängstigt zu sein. Sie starrte ihn mit ihren großen Augen an und versuchte ihren Arm zu heben.

Er vermochte nicht zu denken, was sie alles mitmachen musste und versuchte sie gar nicht erst anzuschauen. Sie war Splitterfaser nackt.

„Was machen sie denn hier?"

Es dauerte eine gefühlte Ewigkeit bis Magdallena wieder sprechen konnte.

„Sie erkennt mich" - dachte Mada erleichtert fest.

„Erkennst du mich?", wollte er dennoch von ihr wissen und reichte ihr eine zufällig gefundene Decke. „Es ist wichtig, dass du das tatsächlich tust", fügte er hinzu.

Magdallena schaute in fragend an, musterte das ruinierte Zimmer und versuchte einen Ausgang zu finden, falls sie wegrennen müsste.

„Wo warst du, bevor ich dich gefunden habe?", fragte er weiter.

„Hast du mich gefunden?", erwiderte Magdallena verspielt.

„Kannst du mir sagen, seit wann Du hier liegst?", führte er unbeeindruckt seine Befragung fort.

Magdallena erstarrte. Erst jetzt musste ihr klar geworden sein, dass sie tatsächlich lebte, wobei die Erinnerung an ihren Tod noch so unglaublich nah war.

„Das war ich nicht", sagte sie laut und diesmal erstarrte Mada.

Sie drehte sich zur Lücke hin, in der sie zuvor lag, suchte darin nach irgendetwas und holte ein kleines Bündel heraus. Der Stoff war offensichtlich mal weiß gewesen. Jetzt sah es eher vergilbt und dreckig aus. Die dunklen Stellen waren eher rot bräunlich, als ob diese von Blutflecken stammten. Mada betrachtete zuerst die vielen, kleinen Teile des Gegenstands, der darin eingewickelt war. Es dauerte eine Weile, bis er seinen Laptop erkannte. Was spielt sich hier ab? War sie es, die meine Rückkehr verhinderte? - fragte er sich.

Er versuchte ruhig zu bleiben, zitterte aber als er weiter sprach: „Magdallena, bitte versteht mich nicht falsch, aber ich muss alles erfahren. An was kannst du dich erinnern?“

Magdallena bemerkte die Spannung in seinem Körper. Sie fühlte sich so müde und kraftlos. „Ich habe Durst“, sagte sie unsicher.

Mada kämpfte sich durch den zerstörten Raum zur Küche hin, suchte in unbekanntem Terrain nach einem Glas, öffnete hektisch alle Oberschränke und fand endlich, was er wollte. Er befüllte das Gefäß mit Leitungswasser, ging zurück zu Magdallena und reichte ihr das Glas. Sie versuchte mit nach oben gestreckter Hand aufzustehen. Mada ging ihr zu Hilfe und setzte sie auf die einzige Couch, welche oberhalb der Kreis-Plattform stehen geblieben war. Sie trank hastig.

Mada erinnerte sich, wie es ihm ergangen war, als er vor den Trümmern seines Hauses sein Leben erneut spüren musste. Er wollte Magdallena mit der Wahrheit konfrontieren, damit sie selbst entscheiden konnte, ob sie diesen Weg gehen möchte. Ausoy ließ ihm keine Wahl übrig, weil er ihm vieles verschwieg oder tatsächlich nicht genug wusste. Mada dachte nach.

Bevor ihn eine abgespeckte Version der Wahrheit in den Sinn gekommen war, begann Magdallena ruhig und regungslos zu sprechen: „Ich heiße Magdallena, Tochter von Anna und Richard Damonds. Ich weiß nicht wie es dazu gekommen ist, dass ich leider bei einer Sara und ihren beschissenen Mann Chadir samt einer Tochter - Hanna, aufgewachsen bin. Ich kann mich erinnern, dass ich mal mit meiner Mama in Paris war ... Oder hatte ich das geträumt? Ich glaube, dass ich auch dich dort gesehen habe ... Dann waren wir in diesem Gebäude ... Daran kann ich mich auch erinnern“.

„Und du bist sicher, dass es in diesem Gebäude passierte?", fragte Mada interessiert.

Sie schüttelte den Kopf, als ob sie das alles nicht wahr haben wollte, schaute sich um, dann erzählte sie weiter: „Hier ist irgendetwas geschehen, aber daran kann ich mich nicht erinnern." Sie hielt kurz inne, aber die ersten Tränen kullerten bereits. Sie versuchte sich zu fangen, um weiter sprechen zu können. Mada gab ihr ein Taschentuch. Sie wischte sich die Nase ab und fragte: „Weißt du wie sich das anfühlt, ohne Familie zu leben? Zu wissen, dass sie nicht ahnen, was mit einem los ist? Ich lebe noch und weiß nicht, ob meine Familie das weiß. Ich weiß nicht einmal, ob ich eine Familie habe."

Sie schaute ihn fragend an und hoffte auf eine Antwort. Mada wollte aber etwas anderes wissen und fragte: „Kennst du Nella?"

Sie antwortete unsicher: „Nein", dann überlegte sie weiter und sprang fast auf, als sie sich plötzlich erinnern konnte: „Doch. Ich meine nicht persönlich. Als ich bei Sara gelandet bin, hatte Hanna mich so genannt. Ich meine, sie dachte, dass ich Nella bin. Ich war viel zu klein, um das alles zu verstehen. Sara aber wusste wer ich war. So als ob sie mich schon immer erwarten würde." Mit geschlossenen Augen fügte sie noch hinzu: „Sie nannte mich immer Magdallena. Sie war gar nicht meine Mutter. Deshalb unternahm sie auch nichts dagegen, als ihr Mann mich vergewaltigte", sie schämte sich dafür, dass ihr das rausgerutscht war, weil ihre Wangen purpurrot wurden. Sie sprach schnell weiter: „Danach lebte ich ein paar Jahre einigermaßen glücklich weiter. Wahrscheinlich deshalb, weil ich von all dem gar keine Ahnung hatte. Bis zu diesem Brief und der Nachricht: mein vermeintlicher Vater liegt im Sterben. Ich erlebte danach nur noch Leid und Schmerz. Ich wurde getötet und Hanna auch, von meinem eigenen Mann. Ich lag im Graben und konnte atmen. Es war schwarz und ich roch wieder mein Zuhause. Mir geht es gut. Hanna liegt neben mir, gewickelt in diesem Gewand", sie zeigte auf den Stoff, in dem Madas zerstörter Laptop eingewickelt war.

„Irgendwann legt jemand einen männlichen Körper dazu, welcher nach ein paar Minuten verschwindet. Eine Frau mit meinem Aussehen findet mich, nimmt das Gewand des Mannes mit und gräbt mich noch tiefer ein. Ich kriege weniger Luft und halluziniere nur noch. Alles ist verschwommen und unklar. Ein Licht, eine Nacht, eine Ewigkeit. Du öffnest die Lücke. Ich habe Angst und keine Kraft mich zu wehren", beendete sie atemlos.

Mada hatte von all dem keine Ahnung. Er war sichtlich geschockt. „Warum konnte Magdallena ihre Kräfte nicht nutzen und sich befreien?" - überlegte er sich. „Ein männlicher Körper – wahrscheinlich Ausoy. Und Nella? Sie sehen sich so ähnlich".

Mada dachte immer, dass er auf die Aufgaben warten sollte, was er auch stets getan hatte. Er ahnte nicht, dass seine Erlösung nicht nur Magdallena war, sondern auch ihr Leben. Er wartete auf den passenden Moment und übersah, dass seine Untätigkeit, all die Kräfte ausgesetzt hatte, die Magdallena helfen konnten.

Ausoy schuf eine wunderbare Welt, aber vielleicht erhoffte er sich viel zu viel von Mada. Er konnte Richard nicht stoppen. Er konnte nur zuschauen. Richard verschenkte die Freikarten für Ausoys Dimension an die größten Verbrecher der Geschichte. Ausoy bemerkte dies viel zu spät. Dann entschied er sich aufzugeben und benutzte Mada, um wenigstens in die Geschichte der wahren Welt einzugehen.

„Warum musste ich die Zerstörung, welche die Erde erwartet, sehen und Magdallena treffen, um das alles endlich zu verstehen?" - fragte sich Mada. Er fand keine passende Antwort.

„Weißt du noch, wie du mit deiner Mama nach Paris gekommen bist?“, fragte er sie.

Magdallena schüttelte verneinend ihren Kopf und sagte: „Ich sagte Dir doch: ich war viel zu klein.“

„Aber sie war sicher Deine Mutter.“

„Das hoffe ich. Wer sonst?“

Sie überlegte kurz und fügte hinzu: „Wir lebten in einer Erdhöhle. Danach habe ich nie solch reine Luft gerochen. Deshalb erinnere ich mich daran. Kurz bevor du mich gefunden hast, roch ich es wieder. Damals kam ein Mann und meine Mama nahm mich mit. Ich schlief ein, weil ich müde war.“

Sie hielt kurz inne und sprach weiter, wie eine Erzählerin oder Zeugin, langsam und bedacht: „Ich wache auf und stehe auf der Fahrtreppe am Flughafen und sehe dich. Ich spürte, dass uns etwas verbindet, aber ich bin viel zu klein und kann nichts verstehen.“

Mada hätte sie trösten können. Sie saß unschuldig da, wie ein kleines Kind. Aber er lag mit seiner Vermutung nicht falsch, dass sie menschliche Nähe nicht mehr kannte. Er wollte sie nicht wegrennen sehen, deshalb verzichtete er darauf. Magdallena schaute ihn an und fragte: „Aber du weißt, was in Wirklichkeit passiert war, oder?“

„Hast du dich nie gefragt, warum du erst in einem Erdloch warst, um kurz danach auf einer Fahrtreppe zu stehen? Im fremden Körper?“, fragte Mada mit einem Hauch an Überheblichkeit.

„Doch, das habe ich. Aber erst, als ich gestorben war“, antwortete Magdallena unbeeindruckt.

Mada wusste, dass er ihr seine Erlebnisse erzählen musste. Er beschrieb ausführlich seine Begegnung mit Ausoy und erklärte die Ereignisse, in die er eingegriffen hatte. Während er es tat, wurde ihm klar, wie sinnlos seine Hoffnung war. Er konnte nichts verändern, so wie es Ausoy auch nicht konnte und Magdallena nicht können wird. Mada traute sich aber nicht, seine Gedanken offen zu legen. Ihre Verbindung zu Sara oder Nella war irrelevant.

„Nein. Ich weiß genau so viel, wie du. Ich war auch bereits tot und musste dann erneut leben. Ich befand mich in einer Welt, die ich nicht kannte. Ich hatte aber diese Kräfte, die mich gezwungen haben, weiter zu machen. Diese Kräfte zeigten mir den Weg. Den Weg zu dir. Ausoy behauptete damals, dass seine Kräfte ihn zu mir hingezogen haben und unsere Begegnung vorgeschrieben war." Er machte eine kurze Pause: „Magdallena, du muss diese Kräfte weiter leben lassen. Nur so kann die Gegenwart existieren", sagte er am Ende.

Magdallena lächelte, als ob sie gerade ein Märchen gehört hätte, dessen Pointe für sie komisch war.

„Und was, wenn ich es nicht tue. Werde ich dann sterben?", fragte sie.

„Das war eine gute Frage. Kann ein Mensch im Angesicht solch einer einzigartigen Chance - unsterblich zu sein - darauf verzichten? Warum wollte Ausoy nicht weiter leben? Nur, weil Richard seinen Weg kreuzte? Warum will ich selbst diese Aufgabe abgeben und endlich bei seiner Familie sein?".

Mada ahnte nicht, wie viele Menschen die Hüllen nutzten, um an das Recht - erneut Leben zu dürfen - zu kommen. Die Gegenwart war viel zu kompliziert und übernahm seine Gedanken. Seine Taten schienen viel menschlicher zu sein. Er war verwirrt. Obwohl sein Tod offensichtlich war, wollte er es nicht wahr haben. Deshalb lebte er weiter in allen von uns. Mada glaubte, dass es ihm gelingen wird, Ausoys Dimension zu retten, wusste aber nicht, dass die Welt ihre Geschichte bereits durchlebte und darauf wartete, endlich schlafen gehen zu können. Die anfängliche Hoffnung des Bestehens wurde durch die zusätzlichen Wesen zerstört. Das Leben wollte den Urknall endlich zum Schweigen bringen und manipulierte die Geschehnisse, welche sie früher erschuf.

„Ich weiß nicht, ob du stirbst“, log Mada.

„Wer zwang dich oder diesen Ausoy das alles zu tun?“, fuhr Magdallena ihre Befragung fort. Erleichtert, dass Mada überhaupt noch etwas sagte.

„Schon wieder eine gute Frage, auf die ich keine Antwort habe“.

Er öffnete seine rechte Hand und formte die LICHTKUGEL. Magdallena schaute interessiert in sie hinein. Eine Stimme in ihrem Kopf sagte: »Es ist so weit. Folge mir zum Tor.«

Sie erschrak und sprang weg.

„Was ist los? Hast du was gehört?“, fragte Mada besorgt.

„Nein“, Magdallena log und wusste nicht warum sie es tat. Ihre Wörter waren nicht ihre. Sie war nicht mehr Magdallena.

Die LICHTKUGEL verließ Madas Hand und bewegte sich zu ihr, dann kreiste sie um sie herum. Erst langsam, dann immer schneller, bis sie zerplatzte. Das grelle Licht davon machte Magdallena für ein paar Minuten blind. Als sie wieder sehen konnte, war Mada nicht mehr da. Sie schaute sich nervös um und dachte an das, was sie jetzt tun sollte.

Ihre Hände zitterten stark, als sie diese hoch nahm und wartete, bis sich darauf etwas formte. Ihre Arme breiteten sich plötzlich zur Seite aus, aus ihrem Brustkorb strahlte ein Licht und ihr Körper wurde gegen die Wand gepresst. Sie schrie, aber es kam kein Ton aus ihrem Hals heraus, sondern noch mehr Licht. In ihren Augen schien ein Projektor zu stecken der, auf die gegenüberliegenden Wand einen Film abgespielt hätte. Sie versuchte weg zu schauen, aber egal wohin sie ihre Augen richtete, geschah das Gleiche.

Magdallena wurde gezwungen, sämtliche Erlebnisse und damit verbundene Gefühle von jedem je lebenden Menschen zu spüren. Sie konnte auch sehen, was mit der Erde passiert war: die Menschheit hat sich mit Hilfe der künstlichen Intelligenz selbst vernichten lassen und ihre materielle Substanz wurde zurück in den Kreis des Lebens gebunden -in Form einer LICHTKUGEL-, welche durch das ganze Universum irrte.

„Gib mir das zurück!", schrie jemand.

Magdallena sah die unscharfen Gesichtszüge von Sara, die ihre eigene Kehle in Händen hielt und sich selbst würgte, aber sie befand sich nicht in der Gegenwart, sondern schien weit weg zu sein.

„Du bist tot!", schrie Richard.

Seine Gestalt war ebenfalls kaum sichtbar und sein Gesicht verschwand schmerzverzerrt in der Ferne.

Nur Mada entfernte sich sichtbar glücklich, weil seine Zeit endlich gekommen war. Sie sah ihn sich dankend beugen.

Nella, Sara oder Richard waren nicht das Problem, sondern das Mittel. Sie zeigten, zu was ein Mensch fähig war, ist und sein wird. Das Universum stellte sie alle bloß. Ausoy und seine Kopie Richard glaubten, alles besser machen zu können und versagten an der Unfähigkeit, ihr eigenes Leben zu lieben. Sie opferten das Kostbarste, was jedem Lebewesen einmalig geschenkt wurde, um entweder zu herrschen oder zu gefallen.

Alles, was im Universum passiert, basiert auf einem wiederkehrenden Prozess, dessen einziger Ur-sinn die Vermehrung oder Wiederholung ist. Angefangen von einem stets expandierten Weltall bis hin zu Bakterien, Viren, Menschen, Tieren, Pflanzen oder Licht. Der Anfangspunkt ist immer eine Zelle, ein Atom oder ein Quantum und die eigene Kopie der Endpunkt. Das Ergebnis kann manchmal abartig sein und die Substanz, aus der es entstanden war, zerstört sich von selbst oder überlebt als eine neue Lebensform oder eine Abnormalität. Die Ursubstanz mit ihrem einzigartigen Ur-code der Vermehrung stammt von einem, vor unzähligen Billionen Jahren explodierten, Ur-stern. Die Leuchtzeit des Urlichtes bestimmte die Dauer des wahren Lebens.

Im Augenblick des Todes spielt sich immer ein Film ab, in dem die individuellen Erlebnisse beleuchtet werden. In diesem Spiel des Lebens fing der vermeintliche Torwächter diesen Film auf, um der eigenen Dimension Zeit zum Expandieren zu geben. Er konnte auch ein einfacher Spieler sein. Es lag in seinem Ermessen, wer seine Ebene erreichen konnte. Vorausgesetzt, dass niemand außer den Auserwählten die Nabelschnur des Lebens überquerte. Nur ein Torwächter konnte das tatsächliche Leben ausführen. Nur er besaß die Ursubstanz in sich, weil er mit dem Ur-kern verbunden war.

Zu kompliziert? Aber mit einer richtigen Bedienungseinleitung machbar und somit auch spielbar.

Kapitel 11:
„Der Anfang ist schwarz, das Ende dagegen weiß“
Magdallena ist Mada

Zurecht denken wir nur selten daran, wie hoch unser IQ ist. Und falls jemand das verlangt, je nach unserem Selbstbild, sind wir entweder überrascht oder enttäuscht, wenn wir das Ergebnis erfahren.

- Habt Ihr gemerkt, dass das Selbstbild dabei entscheidend ist?

Welchen Wert hat das Ergebnis auf einen Menschen, der zwar als hoch intelligent eingestuft wurde, aber keine menschliche Kontakte erträgt? Was kann eine hübsche Blondine mit einem hohen IQ schon anfangen, wenn sie kaum oder viel zu viel Selbstbewusstsein besitzt?

Ein Überlebenskünstler stellt sich nicht in einem Supermarkt vor ein Regal und kommt auf die Idee, einen bestimmten Artikel zu inventarisieren und zählt den Bestand durch, nur so, nebenläufig, um sein Gehirn zu trainieren.

Ich will glauben, dass wir alle auf eine eigene Art und Weise Überlebenskünstler sind. Manche werden mit einem goldenen Löffel im Mund geboren, andere sind zum lebenslangen Schuften bestimmt.

Na und? Beides muss unserer, teils eingebildeten, Einzigartigkeit nicht schaden, egal was wir dazu brauchen, um daran fest zu halten.

Warum machen wir weiter? Wenn die uns umgebende Welt wirklich so schlecht wäre, wie es so viele von uns behaupten, dann scheint es ziemlich merkwürdig, dass sich so wenige von uns umbringen oder bei denen, die es versuchten und gerettet worden sind, ein unbändige Lebenshunger eintrat, der sie in der Regel bis zum Tod nicht los ließ. Ausgenommen von solchen, die ständig ins Auge des Todes blickten und eines Tages von ihrer eingebildeten oder erhofften Last erlöst wurden.

Uns zwingt niemand dazu, das Kostbarste und ohne Frage auch einmalige Geschenk - das Leben - zu genießen.

Sollen wir uns deshalb weiterhin so rasant vermehren?

Wir könnten bewusster mit der Verantwortung gegenüber den kommenden Generationen umgehen. In dem wir nicht nur daran denken uns zu bereichern, so lange es etwas zum Verteilen gibt, sondern durch einen bestimmten Fortschritt, der bewussten Nutzung verbliebener Ressourcen und mithilfe der futuristischen Technik, die Zukunft erforschen, um besser vorsorgen zu können, ohne zwangsläufig am Profit Teil haben zu müssen.

Vor allem, ohne uns weiß machen zu wollen, dass ein religiös versklavter Kämpfer eine Gefahr für die Weltordnung ist und durch eine neue Weltordnung zum Schweigen gebracht werden könnte, aber eine Waffe die Weltfriedensfragen klären sollte. Unsere Kinder wären uns dafür sehr dankbar und würden vielleicht eine bessere, aber auch eine optimistischere Generation hervorbringen. Eine Generation die gemeinsam, weltweit und bestimmend, was wohl kaum mit den despotischen und profitablen Methoden manch Einzelner gemeint ist, die Weltprobleme löst. Eine Utopie? Ja, vielleicht. Aber eine wunderschöne.

Drei Megatonnen.

Drei Megatonnen Sprengkraft würden ausreichen, um die Sonne weltweit für etwa fünfzehn Jahre zu verdunkeln. Könnte ein Meteorit eine solche Sprengkraft erreichen? Ich glaube schon, wenn nicht viel mehr. Die Erdatmosphäre verbrennt die meiste Masse des Meteoriten beim Eintritt und eine mögliche und finale Explosion des üblichen Brockens ereignet sich in der Regel über der Erdoberfläche.

War das immer so? Natürlich nicht. Wir, die modernen Menschen, aber haben bis jetzt viel Glück gehabt. Sehr viel Glück. Also kamen ein paar kleine Machtbesessene auf die geniale Idee, die vergleichbare Ansammlung der Kräfte mittels Chemie und Physik zur Atombombe zu bündeln, um sich gegenseitig die Apokalypse vorankündigen zu können.

Na toll! Also Ihr da draußen, vermehrt euch - so lange die Mächtigsten alle Mächtigen es euch gewähren und die Finger von dem roten Knopf lassen - oder gebt auf. Gerade diese Leute brauchen Euch, um ihre Macht ausüben zu können. Ohne Euch wären sie alle nur noch Marionetten, eine Lachnummer oder ganz einfach unbrauchbar, weil sie durch den Glanz ihrer Macht den eigentlichen Sinn des Lebens ausgeblendet haben. Ob sie ohne ihren Personalstab eine einfache Aufgabe, wie Kloputzen, lösen könnten? Das Leiden eines Kriegsopfers der gegnerischen Streitmacht mitfühlen könnten? Ist dieses Opfer noch ein Mensch für sie?

Das Opfer konnte doch nicht frei wählen, wo er oder sie auf die Welt kam oder ahnen, dass ihr Vaterland als Achse des Bösen eingestuft werden könnte. Die Eltern des Opfers gaben ihm sein Leben, seinen Namen und formten vielleicht auch seinen Glauben. Dass irgendwo ein einzelner Mensch oder sogar eine Gruppe der Auffassung sein könnte, dass ihr Glaube, ihr Gott und ihre Macht auf jeden auf der Welt übertragbar sei, egal ob mit Gewalt oder politischen Intrigen, ist leider nicht oft unterbunden worden.

Deshalb werden solche machtbesessenen Kreaturen auch immer ein Teil der Geschichte bleiben. Die Macht und diese Kontrolle wird von uns mit bestimmt, also könnten wir auch jederzeit alles neu bestimmen. Eine Utopie? Meint Ihr wirklich?

Die Rechnung mit der Verteilung des Reichtums geht nicht auf, weil die entsprechenden Erträge nur unter den Reichen und Mächtigen aufgeteilt werden. In westlich orientierten, meist demokratischen Ländern liegt der politische Kern im finanziellen Fortschritt. Die enorme Schnelligkeit des Lebens zwang viele von uns zu Rennen, welche durch die immer größer werdende Anzahl an Menschen, die am ansteigenden und für jeden zugänglichen Wohlstand unbedingt Teil haben wollen, entstand. Ein mögliches Ergebnis des Wettlaufs: ein starker Verlust an Mitgefühl.

»Wer stehen bleibt, der verliert.«, ist das plausible Motto des Erfolgs.

Die Bereitschaft an der eigenen Karriere zu arbeiten soll größer sein als die Moral. Nebenbei muss noch eine intakte Familie entstehen und präsentiert werden.

»Eine Scheidung hier oder da, wem schadet das schon? Mir doch nicht, wenn ich mich dadurch freier fühle und ich es mir leisten kann. Ein Kind? Ja, das könnte vielleicht eine Lösung sein. Ich kann es mir doch leisten«, könnte eine übliche Aussage sein.

Die Vorteile des Single-Daseins prägen das Bild der unfassbaren Möglichkeiten, aber auf der Karriereleiter sind sie eher hinderlich. Ein Kind wird häufiger als ein störendes, schreiendes und auch sich unkontrolliert entleerendes Wesen dargestellt - von Menschen, welche einmal auch selbst so waren -, aber es soll zukünftig bitte schön gut erzogen, ausgebildet und vielsprachig sein, um Steuereinnahmen und Renten zu sichern.

Wo liegt der politische Kern in Ländern, die nicht als westlich orientiert gelten? In den fanatisch religiösen Gruppierungen oder in der menschenverachtenden Despotie eines - meist kleinen - Mannes?

Können die besser Aufgestellten akzeptieren, dass es Menschen gibt, die mit dieser Entwicklung nicht mithalten können, weil sie entweder arm geboren sind oder mit einem durchschnittlichen IQ gesegnet wurden oder auch aus eigenen Gründen am Wohlstand nicht Teil haben wollen? Vielleicht gibt es auch welche, die reich geboren worden sind, aber kein helles Köpfchen haben. Oder überdurchschnittlich intelligent sind, aber beispielsweise in Indiens Slums das Licht des Lebens erblickten und ihr geliebtes Vaterland verlassen haben, um sich und der eigenen Familie ein besseres Leben zu ermöglichen.

Wer kann schon in dieser verlogenen und irgendwie von Trittbrettfahrern gesteuerten Welt auf Erfolg hoffen? Wohl nicht ein armes Kind, außer es nutzt eine beliebige Religion und vermittelt den Ungebildeten, wie es selbst, irgendwelche menschen- und weltverachtenden Weisheiten. Oder es schuftet bis zum Umfallen. Oder es akzeptiert ein Sklave zu sein.

Ich möchte hoffen, dass meine Einbildungen falsch sind. Dass wir uns wehren können. Dass bevor wir alles um uns herum zerstören daran denken wie einzigartig es war, hier gelebt zu haben und ein Teil der Einzigartigkeit geworden zu sein.

Die menschliche Geschichte könnte mit dem Entwicklungsprozess eines Ameisenhaufens verglichen werden: schnell und zweckmäßig, versagt eine Generation, glaubt die nächste erfolgreicher zu werden.

Man stellt sich einen Wald vor, der einen Erdteil darstellt und viele, kleine Hügel, welche die Staaten sind, um die Aufmerksamkeit auf die Ereignisse auf einem der Hügel zu richten, der unsere gesuchte Geschichte sein werde.

Eines Tages liefen ein paar Ameisen vorbei. Sie waren müde, weil sie schon seit einer Ewigkeit ihrem Volk hinterher gelaufen sind: nachdem sie sich zuerst aus Spaß von der Gruppe entfernt hatten und später die anderen nicht finden konnten. Als eine von ihnen einen wunderschönen und verlassenen Hügel erblickt hatte, unseren Hügel, schien die Truppe endlich gerettet zu sein.

Vollkommen egal wer diesen Zufluchtsort für sie errichtete, es musste das Schicksal gewesen sein, was einen Namen verdiente. Aber zuerst richten wir uns ein.

Da muss auch das Erdreich weichen, wenn dieses ganz einfach so im Weg zum Fortschritt steht.

Was? Das war vor uns da? Wer kann das schon beweisen, wenn man behauptet, dass wir wissen, wer es erschuf? Werden sie sich wehren, wenn sie glauben, dass sie sich vor dem Schöpfer eines Tages verantworten müssen? Nein? Wunderbar!

Das anfängliche Leben der Gemeinschaft verlief gut. Jeder Einzelne erkannte schnell, was es zu tun gab. Es bildeten sich bereits ersten Gruppen, die entsprechende Aufgaben gemeinsam lösten. Die Aufteilung der Güter verlief reibungslos und fair. Das Volk wuchs und wuchs.

Dann starben aber ein paar von ihnen und ihre Nachkommen konnten die logischen Aufgaben ihrer Vorfahren nicht bewältigen. Es suchten die anderen Ameisen nach einem neuen Zuhause und schlossen sich der Gemeinschaft an, aber wollten keine Aufgaben bewältigen. Und plötzlich wurde klar, dass die Gruppe bestimmte Regeln aufstellen müsse, um ihre Ränge zu definieren. Wer aber soll die entscheidende Stimme haben? Wahrscheinlich derjenige, der all diese Fragen stellte und allen anderen das, was sie fragen sollten, vorweg nahm.

Er erkannte früh, dass seine Ideen durchaus gemeinschaftlich umgesetzt wurden, aber auch das, dass sie ihn nicht weiter gebracht hatten. Die Machtverteilung variierte ständig, weil sie niemand bestimmen konnte oder wollte. Im Winter waren die Sammler gefragt und konnten mit ihren Waren jeden und alles kaufen. Im Frühjahr, wenn die Lager langsam leer wurden, konzentrierte sich jeder auf die Jägertruppe und warb um ihre Gunst.

Der wahre Erbauer: er war derjenige, der diesen Hügel zuerst entdeckt hatte. Seine Machtstellung schien nur noch eine Frage der Zeit zu sein. Während seine Gefährten Familien gründeten und Nachkommen zeugten, arbeitete er für sein Volk und baute ihren gemeinsamen Hügel aus.

Er wurde der erste König. So lange die einzelnen Wesen ihre Rolle in der Gruppe anerkannt oder zugesprochen bekamen, entstanden auch keine Spannungen. Falls aber ein Wesen die Machtansprüche infrage zu stellen wagte, wurde es bestraft. So lernten alle die Macht zu dulden oder die Strafe als Machtzeugung zu betrachten.

Es entstand das Recht der Reichen und der Mächtigen: den anderen alles vorzuschreiben; etwas, was hunderte Jahre überdauerte bis ein neues Recht entstand. Dennoch änderte sich eines nie: die Armen wurden immer härter bestraft, weil sie sich nicht wehren konnten. Ihr Leben, gezeichnet mit Überlebenskampf, Geduld und gewisser Sklaverei, nahm stets alle Kräfte mit sich.

Der Hügel wurde immer größer und größer. Die Untertanen vermehrten sich schneller und schneller. Das Leben schien immer komplizierter zu werden. Die Gemeinschaft ersetzte ein egozentrischer Wille – am Anfang von ganz wenigen unter ihnen, aber später rasant vielen -, alles und jeden zu beherrschen. Unter dem Vorwand der eigenen Einzigartigkeit, des unterschlagenen Adels oder der Weisheit des wahren Gottes, verhinderten sie den Fortschritt und zerschlugen die Möglichkeit, in Freiheit zu leben.

Ein einfacher Hügel. Das Zuhause für ein paar Freunde entpuppte sich am Ende, als ein aufgedrängtes, funktionstüchtiges und je nach Machtstellung effektives Gerüst, um ein paar wenigen das Recht besser zu sein, zu gewähren. Manche von ihnen setzten sich gegen diese Ungerechtigkeit ein und entschieden, ihr Recht auf Macht den Anderen mit Gewalt zu entreißen - teilweise mit Erfolg. Äußerlich aber befolgte jeder die geltende Gesetzte und fügte sich ein, um ganz einfach dazu zu gehören.

Wenn dies nicht mit der eigentlichen Geschichte der Menschheit vergleichbar wäre, würde ich sagen, dass diese erfundene Erzählung einfach albern sei, weil wir uns weiter entwickelt haben. Aber haben wir das wirklich? Verstehen wir unseren Planet besser, als Tiere und Urvölker? Hören und spüren wir die Natur, bevor wir die Entscheidungen treffen? Wollen wir überleben oder wollen wir uns bereichern?

Magdallena weinte, als sie die wahren Bilder ihres Lebens ansah. Ein Leben, das sie nicht leben durfte, weil es höchstwahrscheinlich längst nicht existiert hat. Ein Leben, das vielleicht anderes verlaufen wäre, wenn sie die Hauptrolle bekommen hätte.

Sie stand vor dem Spiegel und fragte sich, ob Ausoy, Mada, Richard, Sara oder Nella je in einen Spiegel geschaut hatten, um fest zu stellen, dass sie nicht existierten. Sie konnte die Glasmasse in den Rahmen kämpfen sehen. Es bewegte sich leicht nach außen und innen, wie in eine durch eine leichte Brise ausgelöste Zugluft. Sie wollte mit ihrer

Hand den Spiegel anfassen, als die Masse sie hinein zog und verschwinden ließ.

Kurze Zeit später wurde sie ausgespuckt. Sie hatte glasige Augen. Ihre Kleidung war zerfetzt und dreckig. Sie versuchte zu atmen, aber es fiel ihr schwer. Ihre Knie wurden weich und sie stürzte zu Boden, als sie zwei Schritte in Richtung des Fensters nahm und feststellte, dass sie sich im mindestens vierzigsten Stock eines Hauses befand, welches von Wasser umgebend war. Die Höhe war schwindelerregend. Zehn Meter entfernt stand das nächste Hochhaus und hinter ihm die weiteren. Die Fronten und die hinteren Teile der Gebäude waren durchsichtig. Die Seiten bildeten Solarzellenwände, welche in der Sonne blitzten und ein farbenfrohes Lichttheater auf der Wasseroberfläche erzeugten oder den unzähligen, aus dem Wasser hochgerankten, grün bepflanzten und in sich rotierenden Türmen, genug Licht für die Fotosynthese boten.

Magdallena kam langsam zu sich und schaute sich im fremden Raum um. Ein zweckmäßig eingerichtetes, weiß glänzendes Wohnzimmer mit Wohnmodulen, welche in den Wänden versteckt waren. Ihre Augen verharrten auf einer menschengroßen Kapsel, die an der Seite des Raumes hing. Sie stand auf, ging zu ihr und setzte sich hinein. Dann hörte sie eine unsichtbare Türe schließen, auf welche kurz darauf ein Display erschien. Eine Computerstimme fragte: »Ziel?« Magdallena wusste nicht, was sie antworten soll, aber eine Stimme sprach aus ihr heraus: »Stadtkarte. Paris.«. »Nicht gefunden.«, kam als Antwort. Sie versteinerte. Nach einer Weile bewegte sie ihre Augen, erst desinteressiert, dann aber schien sie etwas entdeckt zu haben. Sie starrte das Display an.

»Minus vierzig?“, fragte sie sich, als sie diese Zahl darauf sah. Neben der Ziffer plus zwölf stand rot geschrieben: Neuer Pegel. Sie befand sich im achtunddreißigsten Stock. Magdallena drückte auf die plus zwölf und die Türe der Kapsel wurde milchig. Sie spürte kurz ein Gefühl der Schwerelosigkeit, dann war sie schon unten. Sie stieg vorsichtig aus und gelang durch einem Korridor nach draußen, wo sie eine unerwartet starke Windböe erfasste. Im letzten Augenblick erreichte sie eine zwischen den Gebäuden befestigte Leine, welche ihr half, das Gleichgewicht zu halten. Sie stand auf einem durchsichtigen Weg, der sie an die früheren Glastic-Bahnen des FlyTube erinnerte. Warum glaubte sie, dass es ihre Erinnerungen sind?

Die Schienen-Abdrucke wurden deutlicher, als sie das Portal des Gebäudes verließ. Ein unbeschreiblich helles Sonnenlicht traf ihre Augen. Sie brauchte Zeit, um sich an diese Helligkeit zu gewöhnen. Das allumgebende Wasser lag etwa drei Meter unter ihr. Magdallenas Augen weiteten sich, als sie die Stadtlichter und einen durchsichtigen Tunnel mit darin sich bewegenden Menschen erkannte. Jetzt war ihr klar geworden, wie tonlos die Umgebung wirkte. Nur ein starker Wind wehte und erzeugte interessante Obertöne. Keine Flugzeuge. Keine Autos. Ein paar Duzend Menschen.

Wieder starrte sie auf die Wasseroberfläche, als sie darin Wellenbewegungen erkannte. Ein Fahrzeug näherte sich und hielt unter ihr an. Es war ein weißer, sehr großer Ponton, mit einer darauf befestigten, halbovalen Haube und einem Windgenerator im hinteren Teil. Er glitt nah über dem Wasser. Die milchige Tarnung wurde durchsichtig wie eine unsichtbare, sich öffnende Schiebetüre. Der Innenraum ähnelte der Kapsel, in der sie zuvor saß, nur, dass diese für vier Personen ausgerichtet war. Ein interessant aussehender Mann stellte sich auf und schaute zu ihr hoch. Er musste ein Mischling gewesen sein: asiatische, nach oben zeigende Augenwinkel, meerblauen Augen, südländlicher, brauner

Teint, rabenschwarze, lockige Haare, möglicherweise über zwei Meter groß.

„Neu hier?“, fragte er sie nach einer viel zu langen Pause.

„Ich glaube schon“, antwortete Magdallena unsicher.

„Brauchst du eine Kapsel?“

„Kapsel? Ach so, nein, ich habe eine.“

„Ich bin Shon und du?“

„Ähm… Lena“, log sie.

„Nicht schlecht“, sagte Shon anerkennend: „Willst du, dass ich dir die Gegend zeige?“

„Die Gegend?“, verstand sie nicht.

„Damit du deine Batterie aufladen kannst“, erklärte er.

„Ähm … Batterie … Ja … Bin schon fertig … Ähm … Ich muss jetzt wieder reingehen.“

„Ist das deine Batterie?“, wunderte er sich und zeigte auf ihre Klamotten.

Sie schaute sich an. Ihre Kleidung war zerfetzt und lag nicht so eng am Körper, wie seine merkwürdig lebendige Uniform. Er bemerkte, dass Magdallena ihn anstarrte.

„Warte. Ich glaube ich hab eine übrig“, nach unten gebeugt, suchte er danach. Er fischte ein kleines Bündel heraus und warf es zu ihr herüber. „Und du kommst klar?!“, wollte er sicher gehen.

„Ich denke schon.“

„Ok. Wenn du dich aber anderes entscheidest, ruf laut Shon und ich werde kommen“, sagte er, setzte sich in die Kapsel zurück, schaltete die Tarnung an und entfernte sich.

Unerwartet fühlte sie sich beobachtet. Das Bündel bewegte sich zu ihr; eine gummiartige Masse mit vielen, kleinen und glitzernden Pünktchen. Als sie sich umdrehte, um zu ihrer Kapsel zurück zu gehen, spürte sie einen leichten Rückstoß und verlor das Gleichgewicht. Etwas glitschiges umhüllte von hinten ihren Körper. Sie sprang verängstigt hoch und versuchte es vergeblich abzuschütteln. Eine Windböe erfasste sie und stürzte sie ins Wasser. Ihre Nasenlöcher wurden geschlossen, zwischen den Fingern bildeten sich Schwimmhäute und ihre Schuhe umhüllten durchsichtigen Flossen. Sie tauchte unter und schaue sich um. Schnell entdeckte sie die unzähligen, grünen und beleuchteten Türme. Auf den unterschiedlichen Etagen stand deutlich geschrieben: InOut. Magdallena entschied sich dahin zu schwimmen und war überrascht, wie leicht sie atmen konnte.

Den Eingang erreicht, schwamm sie in einen Schacht einer Drehtür hinein. Die Wand vor ihr wurde geschlossen und das Wasser sickerte heraus. Der Drehmechanismus bewegte sich wieder und sie stand in einem fünf Meter hohen Tunnel. Ihre Nase wurde frei, die Flossen verschwanden und ihre Finger waren nicht mehr zusammengebunden. Ein rotes Lämpchen leuchtete über ihr. Eine Computerstimme wiederholte: „Batterie leer. Batterie leer. Batterie leer."

Sie überhörte es, weil ihre Aufmerksamkeit auf die vorbei gehenden Passanten gerichtet war. Manche von ihnen trugen einen Metallring auf der Stirn oder eine rechteckige, schwarze Brille, andere waren komplett verhüllt oder hatten die gummiartigen Batterien an, welche ihre Köper definierten. Jemand drängte sie zum Ausgang, als ob sie hier nicht willkommen wäre. Magdallena blieb nichts anderes übrig, als wieder zurück zu schwimmen. Oben angekommen schrie sie laut: „Shon!"

Seltsame Geräusche, an Kamerablitze eines Reporterschwarms erinnernd, kamen wie aus dem Nichts. Die ganze Umgebung schien darauf ausgerichtet zu sein, sie zu beobachten. Die Wellenbewegungen, welche

Shon erzeugte, spürte sie nicht, weil sie zu sehr mit dem Gedanken abgelenkt war, dass das alles ihr nicht fremd, sondern vertraut vorkam. Sie hörte ihn rufen: „Lena! Mach schon. Gib mir deine Hand."

Kraftlos reichte sie ihm diese. Er zog sie in die Kapsel hinein und fragte, die Schweißtropfen aus seiner Stirn wegwischend:

„Was war da los?"

„Ich weiß nicht. Ich wollte nur die Unterwasser-Station besuchen", antwortete sie mit entschuldigendem Blick.

„Unterwasser-Station", er lachte: „Das ist die Stadt, keine Station." Er machte kurze Pause und fragte: „Du bist nicht ohne die Batterie aufgeladen zu haben da gewesen?"

Sie nickte.

„Doch?! Du weiß, dass es nicht erlaubt ist", sagte er belehrend.

Wieder nickte sie.

„Komm, ich bringe dich zu deiner Kapsel." Er steuerte in Richtung des Gebäudes. „Hier. Oder?", fragte er.

„Ja."

Unter dem Portal, welches sie davor verließ, befand sich die gleiche Drehtür, wie bei den Türmen. Jeder Stock hatte eine solche gehabt. Die Eingangsportale und die Glastic-Böden waren auf den vertikal angebrachten Schienen befestigt und die Höhe konnte dementsprechend angepasst werden.

„Viel Glück!", wünschte er ihr, als sie den kniehoch im Wasser stehenden Schacht erreichte.

Ihren Dank konnte Shon nur noch von ihren Lippen ablesen, weil die Schlusstüre im gleichen Moment zuging, als sie es sagte. Magdallena ahnte, dass sie ein oder zwei Stockwerke höher steigen musste. Sie erreichte eine Fahrtreppe und fuhr nach oben. Vorbei an unzähligen

Zeitungsartikeln, welche sie mit ihren Augen mitziehen und verfolgen konnte.

Darin wurde die neue Weltordnung gepriesen. Man erschuf geschlossene Bereiche (sog. Gates) für die unterschiedlichen Sozialgruppen, um sie zu kontrollieren. Zwar konnte sich jeder frei bewegen, aber der Aufenthalt im fremden Gate war zeitlich begrenzt und die totale Überwachung ermöglichte diese Kontrolle. Die dpd-Nummer jedes Einzelnen verriet, wie lange das entsprechende Gate besucht werden konnte. Die bittere Strafe beim Widersetzen war die Verkürzung dieser Zeit, was digital geschah.

Da fragte man sich, wie es möglich sein konnte? Wer war für diese Kontrolle verantwortlich? Wer hatte es zugelassen?

Dann fand sie einen Artikel, welcher alle Menschen über fünfzig dazu auffordere, die neuen Unterwasser-Städte zu bewohnen. Das Datum zeigte das Jahr 2230. Der Meeresspiegel stieg auf zehn Meter. Man musste anscheinend jung sein, um am öffentlichen Leben teilnehmen zu können.

Ein alter Computerfreak und Erfinder, Cosha Lee, kam auf eine geniale Idee, welche durch seine früheren Erfahrungen entstanden war. Er war ein begeisterter Teilnehmer an Rollenspielen und entwarf als junger Bursche unzählige Strategiespiele. Sein neustes Spiel ermöglichte allen Menschen die digitalen Welten zu erschaffen oder die existierende mit anderen Augen zu betrachten. Mit Hilfe eines eigenen Avatars, welcher von einem Computer-Board gesteuert wurde, konnten die Besitzer ihr Leben ungehindert genießen, ohne jemals ihr Zuhause verlassen zu haben. Sie wählten den Charakter, das Aussehen und konnten von normalen Menschen nicht unterschieden werden. So konnten sie niemals älter werden oder sterben. Zuerst leisteten sich so etwas nur Wohlhabende. Sie nutzten ihren Vorteil aus, als die natürlichen Ressourcen der Erde komplett ausgerottet wurden und ihre Avatare im All nach anderen Schätzen suchen konnten. Die Entwicklung ging so rasant schnell, dass bereits nach vier Jahren der Besitz eines Avatars für die Allgemeinheit zugänglich gemacht wurde und zum guten Ton gehörte. Magdallena spürte ihre Gänsehaut, als sie sich diese Welt vorzustellen versuchte.

Plötzlich bemerkte sie, dass sie wieder beobachtet wurde. Alle schauten sie befremdlich an. Sie ging schneller und fand endlich ihre Kapsel, setzte sich hinein und wählte den achtunddreißigsten Stock. Sie wollte nur noch weg. Sie war sich nicht mehr sicher, ob das, was sie sah bereits digital oder noch organisch war.

Der Spiegel stand noch da. Sie schaute in ihn hinein und sagte erleichtert: „Endlich verstehe ich dich".

Sie verstand, warum die Welt, ihr Leben und das der anderen, nicht überstehen konnte. Die Enttäuschung sprach aus ihrem Gesicht, als sie die Erlebnisse der Torwächter vor ihren Augen hervor rief. Sie sah die Auswirkungen des Fortschritts in allen möglichen Dimensionen, in allen möglichen Projektionen der scheinbar Überlebenden und erkannte, dass nur sie die Möglichkeit hatte, die Geschichte hier und jetzt zu beenden.

Das Wasser war und ist der natürlichste und überlebenswichtigste Bestandteil der Erde und somit soll es eigentlich jedem zugänglich sein. Die Überbevölkerung des Planeten führte aber dazu, dass es erst privatisiert, dann wie eine Exklusivware gehandelt wurde. Wer konnte, besteuerte alles: Luft zum Atmen, Wasser zum Überleben, Wege zum Gehen, Straßen zum Fahren, Freiheitsgedanken eines Individuum - alles kostete Geld.

Nun, Geld war kein natürlicher Bestandteil der Erde und bei einer unerwarteten Katastrophe eher hinderlich. Da die Menschen den Bezug zur Natur und den Kampf gegen sie verloren hatten, erkannte niemand die sich lange vorangekündigte Apokalypse. Als diese letztendlich kam, waren nur ein paar wenige Menschen in der Lage, kurzzeitig zu überleben. Das musste 2275 gewesen sein, aber sicher war sie es sich nicht.

Rein zufällig, wie der Mensch selbst, entstand eine neue Lebensform: der digitale Torwächter, welcher die Geschichte wiederholt durchlebte. Wer wollte schon bei der tatsächlichen Zerstörung des Blauen Planeten nicht dabei sein? Oder nicht wissen, dass Magdallena zu den letzten Überlebenden gehörte und ihre Gebärmutter die Torwächter gebar, als das Spiel organisch wurde?

Warum sollte sie weiter leben wollen und warten, bis die Menschen sich selbst zerstören? Es war völlig egal, wer die Geschehnisse bildete: reiche, arme, geldgierige oder wissensdurstige Menschen. Das Schicksal war ohnehin klar definiert, angepasst an den Sinn des Lebens: nichts wehrt ewig.

Die Sinnlosigkeit am Leben festzuhalten konnten auch die Torwächter erkennen. Sie alle sollten irgendwann aufgeben können und vertrauten die Aufgabe einem besonderen Menschen an. Tatsächlich aber wurden ihre verlassenen Avatare für andere Aufgaben benutzt.

Diejenigen, die ohnehin mit dieser Aufgabe nicht anvertraut waren, konnten ihr digitales Leben nur so lange leben, bis ein Torwächter bestimmt worden war. Sie starben qualvoll in der Zwischenwelt, wenn er fehlte und ihre atomare Zusammensetzung zu einem Teil der finalen Zerstörung benutzt wurde. Nur dadurch konnten ihre meisten Atome vernichtet und die Wiederholung des Lebens verhindert werden. Das war der Plan.

Leider hatte keiner so viel Demut in sich. Nicht Richard und auch nicht die früheren Torwächter. Nur Magdallena erkannte, was die letzte Aufgabe des Universums an die Menschheit war. Nur sie gehörte zu diejenigen, die den Gammablitz überlebte und in den Erdhöhlen auf den unausweichlichen Tod wartete. Sie war auch die einzige und letzte Frau, die schwanger war, aber aus Mangel an Nahrung zur Abtreibung gezwungen wurde. Der aufgedrängte Tod des letzten Kindes erzeugte den finalen Lichtblitz der Menschheit, welche die LICHTKUGEL erreichte. Das Universum erschuf die letzte Aufgabe für uns.

Nur, dass wir nicht mehr organisch, sondern digital existiert haben. Ein gigantischer Satellit – an eine LICHTKUGEL erinnernd – beförderte einen Generator, welche die Weltgeschichte, für die gebliebenen Avatare, projizierte und durch das Weltall irrte. Jeder Avatar-Besitzer konnte das Spiel individuell gestalten und sich als Torwächter betrachten.

Ein Licht geht nicht ganz einfach aus. Es verliert an der Kraft, es übergibt die Macht an die wahren Farben, es schaltet die sichtbaren Emotionen aus. In einem Licht sehen wir gewisse Hoffnungen, erwarten Wärme und sehnen uns nach Fortleben. Das Äußerliche aller Gegenstände und Lebewesen wird erst durch das Brechen der Lichtstrahlen sichtbar gemacht. Wir brauchen uns gegenseitig, um unsere Schatten zu berühren und um unsere Gefühle mitzuteilen.

Magdallenas Welt existierte schon lange nicht mehr. Die Geister, der vor vielen Jahren verstorbenen Menschen und ihre digitale Ebenbilder, formten die Ereignisse durch ein LICHTKUGEL-Spiel. Manche von ihnen konnten mit ihren starken Gefühlen viel länger verweilen und die Existenz als Normalität durchleben. Sie waren wie die Parasiten und nutzten einen Wirt als Körper für sich, um mehr erleben zu können.

Ausoy starb zusammen mit seiner Mutter. Sein digitaler Torwächter wachte auf und war zuerst ein Kind, weil sein Schicksal ein früher Tod war. Die gestalterischen Fähigkeiten waren nicht besonders ausgeprägt, was ihn in eine eher primitive Welt versetzte. Dennoch gelang es ihm, die in die Geschichte eingehenden Ereignisse für sich zu gewinnen und seine Vorstellungen der besseren Welt in die Geschehnisse zu projizieren. Er wollte ein Teil der Geschichte sein. Jeder könnte die Welt als ein Zuhause, eine einzige Überlebensoase und als einen Ort zum Sterben betrachten. All das, was die Welt für ihn nie geworden war. Deshalb begann er kurz nach oder während seines Todes zu hoffen, dass nur sein Leben die Veränderungen herbeirufen konnte.

Mada verbrannte gemeinsam mit seiner Familie in der Hütte. Was wir nicht erfahren haben, ist, dass er ein Menschenhändler war. Er verkaufte die Schicksale der anderen. Er dachte lange, dass seine Aufopferung für die Aufgabe die Einzigartigkeit seiner Person verdeutliche. Erst als er Magdallena traf und ihr Leben mitbekam, verstand er, dass sein Dasein die Strafe für seine menschenverachtenden Taten war.

Magdallena ist einzigartig. Sie ist die Alleinerbin der Aufgabe geworden, weil sie als Einzige die sämtlichen Kopien der Torwächter und die der Menschheit in sich trug. Die ganze Vorstellung der Welt gehörte nur noch ihr allein. Sie war die Letzte und konnte alles entscheiden.

»Du hast mich tatsächlich gerettet.«

Sie strahlte vor Glück, um dann nachdenklich zu werden.

Sie steht auf, geht in die Küche und nimmt aus der obersten Schublade ein Messer heraus. Sie lächelt erleichtert, als sie merkt, dass die Spitze des Messers sehr gut in ihren Wirt hinein geht und die Innereien des Bauches zerplatzen lässt. Sie spürt, wie die letzten Augen für immer zugehen, das letzte Licht die menschliche Linse trifft, der letzte Herzschlag ertönt und die Wahrheit des Lebens für immer schlafen geht.